帰ってきちゃった発作的座談会

椎名 誠・沢野ひとし・木村晋介・目黒考二

角川文庫 18100

帰ってきちゃった発作的座談会

目次

ファイナル

目黒考二

本書成立の事情について書いておく。椎名《しいな》誠《まこと》、沢野《さわの》ひとし、木村《きむら》晋介《しんすけ》、目黒《めぐろ》考二《こうじ》の4人がとことん語り合う発作的座談会はこれまで3冊の単行本を上梓《じょうし》してきた。『発作的座談会』『いろはかるたの真実・発作的座談会』『超能力株式会社の未来・新発作的座談会』の3冊だ。その『超能力株式会社の未来』の刊行が２０００年だから、なんと今回は9年ぶりということになる。4冊目の刊行がなかなか決まらなかったのは、この座談会の役割はもう終わったものとして私たちが考えていたからである。単行本どころではなく、四人座談会そのものが「本の雑誌」に載らなくなってもう久しいのだ。

なぜかというと、初期のような縦横無尽の座談会を実施するのが、もう我々には無理なのである。こういう話を展開するにはスタミナとパワーを結構必要とするのだが、私ら4人も歳を取って、その元気がなくなっている。平たく言えば、そういうことだ。

実はこの間、何度か幻の座談会を行ったことがある。本誌に載ることもなく、むなしくテープがまわるだけの幻の会合である。やっぱり無理だという結論が出るまで数回集まったところに私たちの未練がある。もう「本の雑誌」で新しく座談会を行うのは無理だが、それではいまある分だけでもまとめて単行本にしてしまおうというのが次の計画だった。『超能力株式会社の未来』を刊行してからしばらく「本の雑誌」に掲載したものがまだ単行本になっていないのである。少々薄い本になるが、それは仕方がない。

ところが、本誌には載ったものの、まだ単行本になってない座談会の原稿を読んでみると、昔は面白いと思ったものが今は面白くないことに気づいたのである。そういうものをどんどんカットすると、残ったものは10本。これでは一冊にならない。そこで、その単行本初収録の10本を中心に、これまでの発作的座談会から現時点でも面白いものを厳選して9本をピックアップし、傑作選として刊行するのはどうか、という案が浮上した。「初収録ばかりだが、玉石混淆《ぎょくせきこんこう》の15〜16本をまとめる」案と、「初収録プラス傑作選／面白いものばかり」の案。このどちらかから選択せざるを得なくなり、結局後者を選択して成立したのが本書なのである。

したがって、本書に収めた19本のうち9本は、過去の発作的座談会シリーズに収録したものであることをお断りしておく。それがどの巻に載ったものかは巻末に明記した。結果としてこれまでの発作的座談会のエッセンスがすべてここにあることは自慢していいと思う。怪我の功名だから自慢できないか。これまでの発作的座談会を読んでいた人もそうでない人も、ぜひ本書を読まれたい。これは私たち4人の最後の発作的座談会だ。本当のファイナルだ。

朝、目が覚めたら一人だった⁉

目 朝起きてね、この地球上に自分一人しかいなかったらどうするか。

木 まず、一人でご飯を食べる。

椎 あのなあ。世界に誰もいないんだから、そのご飯自分でつくるんだぞ。そこのところ、わかってるか？

木 そうか。じゃあ、残ってるものでいいや。

椎 お前なあ、なぜ一人になったのかと考えないのか？[*1]

目 まあそういうコトを考えつつ、とりあえず、飯を食うと。

木 そのあとでトイレに行くね。そのとき、トイレのドアは開けっぱなし（笑）。誰が見ているわけでもな

1 こういう発言を読むと、深く物事を考えている人だと思われるかもしれないが、そうでないことはすぐに判明する。

いんだから。

沢　それは大事なことだよね。

木　こうなったら、音も気にしないね（笑）。

目　ちょっと待ってよ。目が覚めたら自分一人しかいなかったんだよ。大変な事態だよ。飯を食って、のんびりトイレに入ってる場合じゃないと思うんだけど。

椎　そうだよ。その前にやることがいろいろあるだろ。

木　新聞はきているかねえ。

目　新聞はきてないよ。前の日は他の人間がいたかもしれないから新聞はあっても不思議ではないけど、その日は自分しかいないんだから配る人がいない。

木　ということは前の日の夕刊はあるわけだよな。

目　うん。

木　じゃあ、まず前の日の夕刊を見て、なぜ人がいなくなったのか、その予兆を探すね。あっ、テレビをつけるか。

目　そうだよ。まず、テレビをつけるでしょ。ところが、何も映ってない。となると、その次は知り合いのところに電話する[*2]んじゃないか。

椎　だいたい、その段階でクソをする気がなくなるよ（笑）。

目　でも、彼はその前にしている（笑）。

沢　新聞社に問い合わせるとか、図書館に行って調べるっていうのも大事だよね。

木　とにかく夕刊を見て、関越道《かんえつ》で大事故があったかどうかをチェックするね。

椎　どうして関越道なんだ？

木　どこかでガスタンクが爆発していないか、大型の台風が近づいていないか、八十年ぶりに彗星《すいせい》が接近していないか、とかさ。

目　そのあとは？

木　どうするかねえ。

椎　とりあえず、その日の仕事はないよな。

目　食い物を探すんじゃないの？

2　いまならテレビの前にインターネットで調べるという手順が普通かもしれないが、この座談会は二〇〇〇年に行われているので、まだこの発言者たちの環境にインターネットは登場していない。

木　じゃあ、隣近所に一軒ずつお邪魔する。食べられそうなやつがあるかどうか調べながらね。

目　あのね、普通に考えてほしいんだけど、目が覚めて自分一人だったら、まず新聞やテレビや電話でチェックして、それでもわからなかったら、街に出ていくんじゃないの。誰かがいるかもしれないって、街というか、普通は家の外に出ていくでしょ。

椎　でもこいつは極端にこういうコトの想像力がないんだから、まあ人それぞれで考えてやるしかないんじゃないの。こいつは朝起きるととにかくいつだってハラへってるんだよ。*3

目　えっ、いきなり飯を食うわけなの？

椎　いいんだよこの人は。そうして毎日隣近所を次々に移っていけば。

木　冷蔵庫があるから、食べ物のもちはけっこういいよね。

椎　でもな、電気がいつまであるかって思わないか？

3　若い頃のようにたくさんは食べることができなくなってきたことに対する苛立《いらだ》ちがこの発言の裏にある。

木　だから、電気のあるうちに早く食っちゃう（笑）。

椎　腐らないうちに（笑）。

木　塩辛なんかはあとに取っておいてね。

椎　電気は人間がいなくなってもしばらくは大丈夫だろうな。

木　それに電気がなくなっても、マッチはあるんだから大丈夫。だから、まず、隣の家に行って、薪とマッチと食い物を確保する。で、食い物は日もちのするものにする。これだな。

目　日もちのするものって？

木　塩辛とか（笑）。

椎　お前は塩辛の他に何か思い浮かばないの？（笑）

沢　人がいないってことは、女房も子供もいないんでしょ。

目　そうだよ。

沢　じゃあ、せいせいしたと思うんじゃないかなあ。

目　あんたはそうかもしれないけど……。

椎　沢野はその日、どうするんだ？

沢　そうね。まず車に乗って新宿に行くな。

木　そうか。電車は動いていないんだから移動するのは車じゃないとだめなんだ。

目　そうそう。

沢　で、そこにも人がいないんでしょ。だから、よしよしと思って、大きな本屋さんに行って柳田國男《やなぎたくにお》全集とか、欲しい本[*4]を全部車に詰めちゃう。そのあとでデパートに行って、洋服とか靴も持ってきちゃうね。

木　そのあとは？

沢　原稿を書かなくてもいいんだから、こんなに楽しいことはないって、トクちゃんの店に行くね。酒を飲んでいれば誰かが来ると思うなあ（笑）。

椎　お前はあまりにも絶望的に危機意識がなさすぎるなあ（笑）。

沢　どうして？

椎　どうしてって、世の中に自分以外誰もいないんだ

4　本が好きというよりも、無料だから好き、なのである。

ぞお！

沢　じゃあ、椎名はどうするの？

椎　おれはまず交番に行く。

木　助けを求めに行くのか？

椎　違うだろバカヤロ。交番に行って、まずピストルを盗むね。

目　何よそれ？

椎　一度ピストルを撃ってみたかったんだよ（笑）。

目　危ない奴だなあ（笑）。

椎　で、そのへんにあるパトカーに乗ってサイレンを鳴らすの。

木　おーい、誰かいるかあって。

椎　出てこい、撃つぞ（笑）。

木　ちょっと質問するんだけど、パトカーに乗ってサイレン鳴らすってのは、[*5]他の人間を探しているわけじゃなくて、遊んでいるのね？（笑）

椎　まあな（笑）。

5　真意を知っているのは、古い友人だからである。

目　でも誰も出てこないんだから三日で飽きるぜ。

椎　三日も遊べればいいなあ。

木　でもやっぱりそういうときは高いところに登るんじゃないか。東京タワーに登って、どこかに人の動きはないかって。

椎　それはいい考えだな。煙を探すんだよ。

沢　で、煙を見つけたらどうするの？

椎　パトカーで行って、まずそいつを尋問する（笑）。

木　日本には人間がいなくても外国にはいるかもしれないから、飛行機に乗って外国に行ってみるってのはどうだ？

目　操縦できないんでしょ？

沢　本なんかを読んでさ。あるだろ、ジャンボ機のやさしい操縦の本が。

目　船にしたほうがいいんじゃないの？

椎　船だって操縦は難しいぜ。

沢　あっ、おれね、自分の本を出している出版社を順繰りに訪ねて、自分の本以外の本を全部燃やすな（笑）。

目　それも虚《むな》しい（笑）。

木　でもその気持ち、わかるな。

目　えっ。

沢　で、大書店に入って、自分の本のコーナーをつくるの。

目　だって、そんなことをしても客は誰も来ないんだぜ。

木　あとから人間が増えたことを考えるんだよ。な、沢野。

沢　そうだね。

目　ふーん。

椎　やっぱりばかだねお前ら。*6 目黒はどうするんだ？

目　ぼくはね、外に出て、犬を探すな。人間はいなくなっても犬はどこかにいそうな気がするんだ。

木　犬がいたからって何になるんだ？

6　すごく嬉《うれ》しそうな発言。

目　だって一人じゃ淋《さび》しいだろ。犬でもいれば孤独が癒《い》やされる。で、その犬と一緒に旅に出る。

木　ピストルは持たないでね（笑）。

沢　おれはやっぱり女を探すね。で、また新しい人生を送る（笑）。

木　それは沢野らしい。

目　でも、他の人間はいないって言ってるんだよ。

沢　絶対にいないの？　どこかにいるんだろ？

目　いないの！

椎　あのネとにかく君たちの思考に欠けているのは、なぜ自分以外の人間がいないのか——というコトを考えないことだよ。*7

目　それは考えてもわからないことだから。

沢　そうだよな。

目　それに、すぐ交番に行ってピストルを盗むような奴に、そんなこと言われたくないよ（笑）。

沢　そうだよな。

7　自分も考えていないことをすっかり忘れている。

木　でも昼間はいいけど、夜は怖いだろうな。たった一人だぜ。やあどうもって言い合う人もいないんだからね。
沢　でも飲み屋がいっぱいあるんだから、夜は飲んでいたら楽しいんじゃないの。
椎　でも客はお前一人しかいないんだよ。
目　はしごはしたい放題（笑）。
沢　でしょ。
目　一人で飲んでいても楽しい？
沢　酒は酒だよ。
椎　でも、晋ちゃん、カラオケはつまらないだろ。[*8] 誰も聞いてくれる人がいないんだから。
目　歌い放題だけど（笑）。
木　普段、人前で歌えなかったような歌をうたって練習するって手はあるね。
沢　そんなことをしている場合じゃないでしょ。
木　沢野にも言われたくないよ（笑）。

8　友を心配する弁。

目　でも一人カラオケも、すぐに飽きるよ。
椎　目黒は本を読むのか？
目　もうこうなったら役に立つ本ばかり読むね。食料はいずれなくなるんだから、自分でつくることを考えなければならないからね。
沢　ふーん。
目　つまり畑を耕していかなくちゃいけない。だから農耕関係の本を読んで、どういう肥料がいいのかとか、何をつくったらいいのか、いっぱい勉強して畑に相応《ふさわ》しい土地を探す旅に出るんだよ。
椎　そうすると暇じゃないね。
目　忙しいよ。
椎　おれはその頃、自衛隊に行ってるね（笑）。
木　今度は自衛隊なのか（笑）。
椎　うん。自衛隊なら機関銃とかいっぱいありそうだろ*9（笑）。
木　交番のピストルには飽きちゃったのね。

*9　極限状況に遭遇すると、人の性格がだんだんあからさまになってくる。

椎　で、本屋に行って戦車の動かし方の本を読む。

木　戦車にも乗るんだ。

椎　おれも忙しいんだよ（笑）。

沢　おれはずっと新宿にいる。トクちゃんの店で飲んで、夜はそのへんのホテルに泊まるの。ただでしょ？

椎　誰もいないんだからな。

木　ホテルもいいなあ。

目　でも誰もいないホテルって怖いよ。

椎　その頃、晋ちゃんはどうしているんだ？

木　おれは東京タワーの次に富士山に登っている。デパートでいい望遠鏡を買って、で、富士山の七合目くらいからどこかに人の気配がないかどうか、じっくり観察する。

沢　晋ちゃん、デパートからは何でも勝手に持っていっていいんだよ。誰もいないんだから。

木　あっ、そうか。

椎　目黒はその頃どうしているんだ？　まだ家にいる

のか？

目　まだ家で勉強しているね。出ていくときは重装備だから準備が必要なんだよ。

木　重装備って？

目　リュック背負って、長靴はいて（笑）。

木　それが重装備なのか（笑）。

椎　おれはその頃、もう高速道路に入っているね。盗んだ戦車で（笑）。

沢　新宿を通ってくれれば、[*10]お〜いって手を振るよ。

椎　そうしたら、おれは撃つね（笑）。

沢　でも一人になったら本当に孤独を感じるのかね。

目　最初のうちは、本だ洋服だピストルだ（笑）って騒いでいても、本当に一人だって納得したときには孤独が襲ってくるんじゃないかなあ。それまでは、誰かがいるだろって期待があってもさ。

木　だから、孤独にならないためには犬や猫か人形があったほうがいいかもな。

10　自分以外の人がなぜいないのか、ということをまったく考えていない人の発言である。

目　何だよ、その人形って（笑）。

椎　よし、じゃあ、自分一人になって一週間たったとしよう。そのときにどうしているか。

目　もうその頃には自分一人だって諦《あきら》めがついているよね。

木　そろそろ電気もやばくなっている。

椎　目黒はまだ家にいるのか？

目　もうその頃には重装備で出発しているね。

木　どこに向かうの？

目　町田の郊外。

椎　町田がすでに郊外だろ（笑）。

沢　おれはまだ新宿にいるね。

目　えっ、まだ新宿にいるの？

沢　うん。京王プラザに泊まってるんだよ。で、やっとその頃に目黒君はどうしているのかなあって思い出すの。誠ちゃんの家なら歩いても行けるなあって。

椎　おれはその頃、戦車に乗ってるから。家に来てもいないからね[11](笑)。

木　おれは富士山から帰ってきてまた隣近所を食べ歩いて、その頃は七軒目くらいだな(笑)。

椎　お前はとにかく有り合わせのものを食べる生活なのね。

目　生産性がないなあ。

沢　それで当分、大丈夫?

木　二~三年は何とかなるんじゃない?

目　食べ物が腐っているでしょ?

木　だから保存のきくものを食べていればいい。

椎　塩辛とかな(笑)。

木　レトルトのカレーはけっこうもつだろ。

沢　でも晋ちゃん、もう電気もガスもないんだよ。

木　薪があるだろ。だからスーパーまわってレトルト食品をせっせと集めたりするんですよ。戦車に乗ってるのは意味ないね(笑)。

沢　おれはね、お店に黙って入ってもあとでバレると

11　来てほしくない人の弁。

あれだから、出ていくときはきちんと後始末していくの。

椎 使ったグラスは洗っていくと（笑）。

沢 あとで犯罪者扱いされたらイヤだもん。椎名君なんか戦車を持ち出しちゃってるんだからアトで大変だよね。*12

木 大変な罪だ（笑）。

椎 いや、おれにも考えがあるの。あとでいちゃもんがつけられないように、まず戦車で国会を破壊するんだよ*13（笑）。

目 何よそれ。

椎 で、裁判所も破壊する（笑）。

沢 危ない奴だねえ。

椎 おれもなにかと忙しいんだよ。

沢 ぼくはホテルにいるのも飽きちゃうから、目黒君を捜しに行くよ。

目 おれはその頃、もう家にいないからね。*14

12 万が一のことを考えている。

13 この人の行動はどんどんエスカレートしていく。

14 沢野には来てほしくないという意味の発言。

沢　でも目黒君ちに行けば、畑関係の本がたくさん置いてあるんでしょ。これはどこかの畑で耕しているなってすぐわかるよ（笑）。

木　でも、どこに行ったかわからない。

沢　目黒君の足ならそう遠くに行けないから、八王子あたりかなって（笑）。

目　おれも八王子《はちおうじ》あたりかなって思ってた*15（笑）。

沢　途中で犬を拾って、目黒君のにおいを嗅《か》がせて、さあ行けって（笑）。

目　でも、おれのところに来て、どうするの？

沢　だって、何か耕しているんでしょ。食べるものに困らない。

目　言っておくけど、おれはお前のために畑を耕しているんじゃないんだからね。

椎　でも、やっぱりお前たちには危機意識がないよ。

目　おれ、椎名にだけはそれを言われたくない（笑）。

木　そうだよ、お前はただ鉄砲を撃ってるだけだろう。

15　結局、追いつかれてしまう。

（笑）。

目　自衛隊から遊び半分で戦車を盗んで、高速道路を走ってるような奴に、そんなことは言われたくない（笑）。

椎　いや、違うんだよ。世界に目を向けなさい（笑）。この国に誰もいないってことは、よその国が攻めてくる可能性が高いってことだろ。だから、おれは戦車で次は羽田《はねだ》空港に行くね。で、敵の飛行機が降りられないように滑走路をぶっつぶす。おれは本当に忙しいんだよ。

木　よその国には人間がいるの？

目　各国に四人ずつ残っている程度だね。

木　あれ、目が覚めたら自分一人じゃなかったの？

目　だって沢野は新宿にいるし、椎名は戦車に乗ってるし（笑）、木村さんは隣近所をまわっているんでしょ。おれは畑を耕しているんだから、四人いることになる。

沢　日本にはこの四人が残ったのね。

木　ということは外国にもそういう生き残った奴らがいるんだ。じゃあ、大丈夫だよ、椎名。敵は攻めてこないな。向こうの国にいる奴にも椎名みたいなのがきっといるから、戦車に乗って滑走路をつぶしているよ*16（笑）。

目　ああ忙しいって言いながらね（笑）。

16　必ずいると思う。

最強の筆記具は何か

木 鉛筆はすごいよな。
目 何なのよ、いきなり。
沢 鉛筆なんて使ってる人、いるの？
木 オレは鉛筆で原稿書くもん。
目 いまでも鉛筆？
木 そうだよ。
沢 なんで？
木 消しゴムで消せるじゃん。
目 それだけの理由なの？
木 ボールペンは消せないだろ。*1
椎 オレ、いちばん嫌いなのは、シャープペンシル。
いつも折れるんだ！

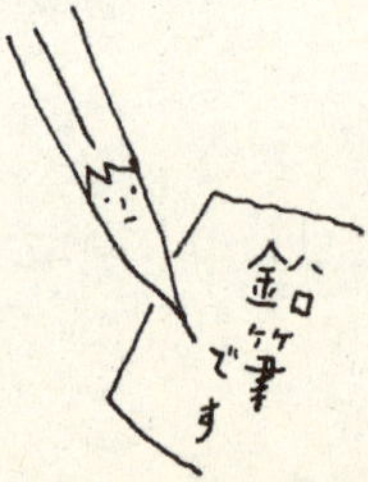

1 消すことのできるボールペンは存在するが、この頃はまだなかったのだろうか。

目　ぼくに怒らないでね。

木　シャープペンはひどい。出すたびに折れる。

目　それはさ、あなたたちが芯《しん》を出しすぎているんじゃないの。シャープペンの責任じゃないよ。

椎　じゃあ、筆記具で決着つけようぜ。[*2]どの筆記具がいちばんエライか。万年筆、鉛筆、シャープペンに、ボールペン、サインペン、マジック、ええと、まだ何かあるか？

木　まず、ひどいやつからいこうよ。そうなると、シャープペンシルは問題外だね。カシッカシッとやっても、いつも何も出てこない。

目　それは芯が入ってないだけでしょ。

木　芯を入れ換えるのは面倒だから、いつもそのままにしてるんだよ。そうすると、電話を受けて、慌ててシャープペンでメモしようとしても、カシッカシッ。

目　それはどう考えても、シャープペンの責任じゃなくて、あなたの使い方が悪い。

2　何でも戦わせるのが好きな人の弁。

椎　ボールペンには書けるやつと書けないやつがあるよな。

木　そうそう。だから、必ず書く前に、メモ用紙にクリクリってやらなければならないだろ。で、これも書けない、こいつも書けないってなるんだよな。

目　それも、ちゃんとキャップしとかないからでしょ。

木　ボールペン〜、ボールペン〜♪*3ってのがあったよな。

目　知らないよ。

木　あっただろ。ボールペン〜、ボールペン〜♪

沢　サインペンはどうなのかなあ。

目　サインペンに水性と油性ってあるけど、どう違うの？

木　普通紙に書くときは水性のサインペンを使うよな。でも、紙以外のところに書くときは水性じゃ書けないから油性のマジックを使うんだよ。

目　じゃあ、オレ、最強の筆記具は水性のサインペン

3　意味不明。

だと思う。競馬新聞に◎とか○とか書くときは必需品だよ。特に、コクヨの赤のが最高。でも最近、笹塚《ささづか》近辺のコンビニで売ってないから、困ってるんだ。

椎　油性じゃダメなのか？

目　強烈すぎて、裏写りしちゃうんですよ。

沢　そんなの、赤鉛筆でもいいんじゃないの。

目　赤鉛筆だと薄すぎる。もっとはっきり書きたいから。

沢　やっぱり最強の筆記具は万年筆じゃないかなあ。

木　あれはダメ。

目　あっ、ダメなの？　どうしてですか。

木　万年筆が何を考えているか、というのが問題なんだよ。他のものはね、鉛筆でもボールペンでも自らの身を削っているわけですよ。でも、万年筆は自分が残ろうとしている。潔くないね。

椎　日本語を教えてあげるけど、だから「万年筆」って言うの。

木 下手するとキャップを忘れたままポケットに入れるから、スーツがインクだらけになっちゃう。*4

目 それはあなたの責任でしょ。

木 買ったばかりのスーツだよ。

沢 ぼくなんか、万年筆は四十本くらい持ってるよ。

木 だめだめ。万年筆はよくない。夫婦の力関係にものすごい影響力を与えるんだよ。「またやったの」なんて言われるとさ。

椎 オレも昔は万年筆で原稿書いていたけど、もうやめちゃったなあ。

目 おれは年に数回くらい使うかな。手紙を書くとき。本来は筆で書くべきなんだろうけど、そこまではできないから、せめて万年筆で。

椎 それで思い出した。筆ペンってやつがあるだろ。あれは許せないな。

木 筆ペンなら戦うよ。オレは擁護派だからね。

沢 そんなの、どっちだっていいよ。なあ、目黒君。*5

4 個人的な体験や事情を一般論として強く主張するのはこの座談会の特徴なのであまり気にせずに読み進んでいただきたい。

5 自分だけが反対すると不安なので仲間が欲しい人の弁。

目　どっちみち、使ったことないからなあ。

木　日本の文字は筆で書くようにできているわけ。留めとか撥《は》ねとかね。そういう文字の美しい流れを万年筆では出せない。出せるのは筆だけなの。ところが動物の毛の筆でやると、留めとか撥ねとか、よほどしっかりやらないとできないんですよ。相当の技術が必要なわけ。筆ペンが革命的だったのは、習字の下手な人間でも、あたかも上手なように、それが簡単にできちゃうこと。

目　なんで？

木　ようするに化学製品でできているから、簡単に穂先が返るようにできている。

椎　知らなかった。

木　だから、筆ペンは日本の文字を綺麗《きれい》に書くための革命的な道具なんですよ。オレはワープロ[*6]とかいっさい使わないいんだけど――。

沢　使えないんでしょ。

6　まだワープロがあった時代の話である。

木　何をおっしゃる。やってやれないことはないよ。やる気がしないだけ。

目　筆ペンがあればいいと。

木　あなたたちが打っているワープロの字も、留めるところは留めるというふうにできている。それなのに、「RI」とか押してさ、転換とかするんだろ。

目　変換、だけどね。

木　小賢《こざか》しいよね。対して、筆ペンは留めようと思ったら簡単に留まるし、かすれるし、撥ねるように進化してきたの。ぺんてるの筆ペンは最高ですよ。

椎　そこまで強く言われたら、決勝リーグに残すしかないか。

目　えっ、いまやってるのは予選だったの？

沢　何の予選なの？[*7]

木　ただ、筆ペンにも弱点はあるんだな。原稿を書くには向いてない（笑）。

沢　じゃあ、何のときに使うの？

7　何が起きているのかまったく理解していない。

木　サインするときは最高だね。

椎　筆ペンでサインするときに困るのは、滲《にじ》むから必ず紙をあてなければならないだろ。

木　それは扉のページを工夫すべきだね。筆ペンの責任ではない。

目　そうかなあ。

椎　でも、いちばん驚いたのは、マジックの登場だよ。

木　あ、あれはオレも驚いた。

椎　だろ？　あの登場は革命的だったよ。

沢　どういう意味？

椎　だってトタンだろうが、壁だろうが、どこでも書けちゃうんだぞ。

目　水性サインペンのほうがいいと思うけどなあ。

椎　お前は、競馬新聞に書きやすいってだけだろ。

木　このへんで少し整理しようぜ。すでに、シャープペンとボールペンは消えたと。

沢　筆ペンは残すのね。

目　サインペンも残してね。

椎　思い出した。オレ、蛍光ペンを使ってる奴って、信用できない（笑）。

目　何なのよ、その信用って。

椎　だって意味がないだろ。

木　蛍光ペンってマーカーだろ。使ってる人には、マークしたところの重要さをわかってないことが多い。

沢　ふーん。

木　オレが司法試験の勉強をしたときにね、自分が信じている先生の主張のところは赤鉛筆で線を引いて、反対説の人には青鉛筆で線を引いて、自分が信じる説と信じない説を色分けしたんだよ。そのときの本を見ると、いまでも的確な区分けだと思うな。

椎　何が言いたいんだ。

木　はっきり言いたい。鉛筆という言葉は、まだメリハリがあるんですよ。「エン」って言うときに、舌がピシャって入るだろ。ところが、マーカーはしょせん、

「マアカア」ですよ。このだらしなさ。最初から最後まで、口を開けっぱなしだよ。

椎　説得力があるな。[*8]

目　あるかなあ。

木　だから、鉛筆はぜひ残してほしい。

椎　じゃあ、鉛筆とマジックと筆ペンを決勝に残そう。

沢　その中では、鉛筆が一番じゃないかなあ。だって、マジックも筆ペンも、キャップが必要でしょ。でも、鉛筆はキャップがなくてもいいんだもの。

目　なかなか、鋭い。

木　どうしてキャップをつけるのかって言うと、服を汚さないためだろ。

椎　蒸発を防ぐためだよ。

木　あっ、そうなの？[*9]

椎　鋭くない奴もいる。

木　オレはやっぱり語感で決めたいな。朝、トイレに行ったとき、「エン！」と力めば、ウンコも「ピッ！」

8　説得された人の弁。

9　弁護士は鋭いと思っていると、意外にそうでもないことがわかってくる。

って出るだろ。

椎　説得力はないけど、気持ちはよくわかる。

木　予選で負けたものに鞭打《むち》つようで申し訳ないけど、万年筆は「ン」が多すぎるね。「マンネン」と二回も「ン」があるから、力が入らない。しかも最後が「ヒッ」じゃあ、気が抜けるよな。

椎　力んだのに屁《へ》しか出ないようなもんだ。

木　じゃあ、トップは鉛筆で決まりと。

目　えっ、ちょっと待って。もう決勝リーグはおしまいなの？

椎　鉛筆の優勝に文句あるのか。

目　いや、そういうことじゃなくて——、ま、いいや。鉛筆の優勝と。

百年後にはどうなっているか？

椎　百年後にはどうなっているかな。
目　タイムマシンができてるね。*1
木　できてるかね。
目　できていると思うなあ。二十世紀に生まれた最大の不幸はタイムトラベルをしないまま死んでいくことなんだよ。くやしいよな。
椎　百年前に、どういう小説があったか知ってるか。
沢　なあに？
椎　夏目《なつめ》漱石《そうせき》の『吾輩は猫である』。あとは『金色夜叉』もそうだな。
目　じゃあ、百年たってもあんまり変わっていないじゃん。だって金持ちが金にものをいわせて女を横取り

*1　これは発言者の願望。

して、女を取られた男が復讐《ふくしゅう》する話でしょ。

木 変わっていないと言えば言えるな。

椎 百年後には畳はなくなるね。

目 理由は？

椎 そういうことを聞くなら、百年後にタイムマシンができている理由も聞きたいな、オレ[*2]（笑）。

木 ようするに、百年後に畳はなくなっているであろうと椎名は思うんだけど、どうしてかと言われると答えに窮する、ということだ。

沢 目黒君ち、畳ある？

目 そう言われるとないね。

沢 でしょ。いまでもそうなんだもの、百年後にはないよ。

椎 テレビはどうなっているんだろ？

目 百五十チャンネルぐらいになって、そこから自由に選べるようになってるんじゃないの。

沢 結婚はあるかな？

2 困った人の弁。

椎　結婚制度ってこと？

沢　そう。結婚なんかなくてもいいと思うなあ。[*3]

木　百年後に一夫一婦制はなくなっているだろうね。

沢　じゃあ、どうなってるの？

木　ようするに、性と生殖が切り離されている。

椎　ほお。

木　一方では快楽を得るための技術が発達する。

目　もう一方では？

木　自分たちの子孫を確保するための生殖が独立する。

椎　じゃあ、家族はどうなっているんだ？

木　サルの群れのようになっているんじゃないか。

椎　わかった目黒。百年後はどうなっているか、オレたちで考えても結論は出てこないから、全部晋ちゃんに聞こう。[*4]

目　いいねえ。会社は百年後もあるの？

木　会社はある。

沢　新聞は？

3　これも発言者の願望。あえてコメントはつけない。

4　自分たちでは無理であるとようやくこの段階で気がつく。

木　新聞は一部の人のために残るね。
目　どういう人？
木　いくら高度な情報社会になっても、紙に印刷された文字を見ないとダメな人がいるんだよ。オレがそうなんだけど（笑）。そういう人たちのために新聞は残る。
沢　テレビは？
木　それも一部の人のために残るね（笑）。
目　コンビニは？
木　あれはなくなっているだろうね。その頃は画面から直に注文するようになっている。
目　ということは宅配便は残るんだ。注文したって、それを運んでくる人が必要だから。
木　そういうことだな。
沢　旅館はどうかな。
木　旅館はないね（きっぱりと）。
沢　晋ちゃん、百年後には睡眠時間がすごく長くなっ

ているとぼくは思うんだけど。

目　こいつさ、今年の正月は寝てばかりいたって言うんだ。何の心配もなく、寝てばかりだって。コノヤロと思うよね[*5]。

椎　百年後にはこういうバカが増えている（笑）。

木　人間の労働をロボットがかわりにするようになるだろうから、睡眠時間は増えるだろうな。

沢　ほら、ぼくは時代を先取りしてるんですよ。

椎　百年後の未来は暗いよ。

目　オレ、百年後には野球は滅びていると思うなあ。だって一試合が三時間もかかるんだよ。あんなゲーム、時代に合わないと思う。

沢　じゃあ、将棋なんかどうですか。もっと時間がかかってるよ。

木　将棋は五時間はかかるな。でも人間はある程度の時間がないと興奮しきれないからね。毎回、テレビの中継に合わせて終わるんじゃつまらないだろ。場合に

5　寝ているだけでコノヤロと思われたのでは沢野の立場がないが、椎名も木村もこのときは二人とも頷《うなず》いていた。

よってはテレビの中継時間に試合が終わらなくて、ラジオ中継を聞いて阪神《はんしん》が逆転ホームランで勝ったというのを聞いて興奮するわけだよ。そういうドラマ性への興味は百年ぐらいたっただけじゃ変わらないと思うよ。

椎 オレね、それは違うと思う。イチローが大リーグに行く時代だよ。新庄《しんじょう》だって行っちゃうんだからすごいよな。[*6]

木 シドニーオリンピックのときに野球の試合をずっと見ていてけっこう面白かったんだけど、つまり中国野球とか台湾野球とか韓国野球とかを入れてリーグにするべきだよ。そのアジアの野球を日本が主催すれば絶対に面白いと思う。日本対韓国戦なんて興奮するぞ。

椎 ようするに、国対国でやれというわけ?

沢 百年後にも野球が生き残る方法はそれだよ。どうしてオリンピックだとテレビを見てしまうのかと言えば、四年に一度だからでしょ。あれ、毎月やってたら

6 新庄が大リーグに行ってたなんて、なんだか遠い昔のように思える。

見ないでしょ。毎週だったら絶対に見ないよ。だから野球も四年に一度にすればいいんだよ。そうしたら盛り上がるぜ。

椎　これだけの情報化時代に、四年に一度なんて忘れちゃうよ。

目　でもオリンピックは忘れないでしょ。オレね、競馬も四年に一度にしてもらいたい（笑）。

木　毎週なくてもいいの？

目　毎週は辛《つら》いの[*7]（笑）。有馬記念は四年に一度でいい（笑）。

椎　すべてが四年に一度というのはいいかもしれないな。今年は野球で、来年は競馬と。

木　それを言うなら、桜も毎年咲く必要はないね（笑）。

目　桜も四年に一度にする。

椎　今年が桜なら、来年は梅と。

沢　雑誌の発行も四年に一度にしたら？

7　競馬で負けている人の弁。

椎　万物四年説（笑）。

木　四年に一度なら、いい本を出せるかもしれない（笑）。

椎　あっ、先生。あと百年で宇宙人は来ますか。

目　まだ晋ちゃん教室なのね。

木　二十一世紀中は無理だね。もうちょっとたたないと。

目　あっ、無理？

木　宇宙のレベルで言えば、百年は短すぎるんだ。

目　そうかあ。来てほしいなあ。九十年目くらいに来るような気がするなあ、宇宙人。

椎　それだけが心残りなんだ。

目　でも九十年後に宇宙人が来てもオレたちは会えないんだけど。

椎　それがくやしいんだよ。オレが生きているうちに何とかしてほしい（笑）。来てほしいなあ。四年に一度でいいから（笑）。

目　あのさ、百年後のことはやっぱり考えられないよ、オレたちには。だって百年後には生きてないんだから、そんなの意味がないんだよ。もっと現実的に二十年後はどうなっているかを考えたほうがいいんじゃないの。
木　これからの二十年間に何が起きるか。
目　これまでの二十年間で終わったことをあげればいいんだ。
沢　お風呂《ふろ》が自動で沸くようになった。
木　カラオケができた。
目　えっ、カラオケってこの二十年の間にできたの？
木　そんなものでしょ。
椎　カードで買い物ができるようになった。
沢　布団が軽くなった。
目　あのねえ。お風呂が自動で沸いて、カラオケができて、カードで買い物ができるようになって、布団が軽くなって、その四つだけなの？　そんなことならたいした変化じゃないような気がするなあ。*8

8　二十年間の変化はたくさんあるが、この出席者の頭に浮かばないだけ。

椎　カーナビであちこちに行けるようになった。

木　携帯電話ができた。

沢　ワープロができた。

木　東京タワーがライトアップされた（笑）。

目　あのさ、話を変えていい？

椎　いいよ。

目　この正月、風邪をひいて家で寝てたから、珍しくテレビをずっと見てたの。歌番組ばっかり。すると昔の歌謡曲が妙に胸に沁《し》みていいんだよ。

木　こないだ、私も演歌の番組をじっくり聞いたんですが、一つはっきり言えることは、演歌の歌手に音痴は一人もいません。いまの歌手なんて音痴ばかりだけど、たとえば八代亜紀《やしろあき》は絶対に音程を外さない！

（笑）

沢　キムタクはうまいんじゃないの？

木　彼はいいね。

沢　サザンは？

木　あれもいいね（笑）。
椎　歌はどうなってるかな。百年後に歌は残るのかな。
目　いろんな歌番組を見ていて考えてたんだけど、昭和三十年代半ばまでのヒット曲って、いま聞くとものすごく間延びしてるの。
沢　具体的にはどんな歌？
目　昭和三十年代の半ばにヒットした畠山《はたけやま》みどり「恋は神代の昔から」なんだけど。
木　あったねえ。いい唄《うた》だよ。
目　あとは「東京ドドンパ娘」。そういう昔の歌をいま聞くと妙にいいんだよ、これが。で、年が明けてから新聞を見てたら「昭和の名曲１２０曲」ってのがセットで発売になっている広告を見たの。思わず、買っちゃおうかと思ったよ。
木　欲しいけど、買いにくいねえ（笑）。
目　それ、この前にやったテーマだよ＊9（笑）。

9　その座談会は次のページに掲載されている。

欲しいけど買えないもの

沢　目黒君は欲しいけど買えないものって何かある？
目　それ、前にやらなかった？
沢　ぼくは今日もその話がしたいの！[*1]
目　しようがねえなあ。カシミヤのコートが欲しいけど、なかなか買えないって話もそのときにしたんだけど。
沢　どうしてカシミヤのコートが欲しいんだ？
目　おれ、肩凝りがひどいから、軽いコートのほうがいいんだよ。
沢　じゃあ、買えばいいじゃないかよ。
目　だから、二十万持って行くんだけど、直前になると、もったいないと思って買えないんだよ。

1　そう言われると反対できない。

沢　カシミヤのブレザーじゃダメなの？

目　ブレザー？

沢　ほら、ぼくのこのブレザー、カシミヤが三十％入っているよ。

目　おれは百％がいいなあ。

沢　じゃあ、百％でもいいから、まずブレザーから入ってみれば？

目　そうすればコートも買えるって言うの？

沢　馬券だっていきなり百万円は買わないでしょ。なにごとも徐々にいくのがいいよ。ぼくの場合はまず三十％からね。ここから徐々に百％にいくの。

目　ふーん。

沢　ぼくの場合は、カシミヤではなくて万年筆だね。

目　ほお。聞きましょう。

沢　モンブランの万年筆なんか記念ものまで含めて、いっぱい持っているんだよぼくは。

目　あのさ、今日のテーマは欲しいけど買えないもの

沢　……ってことはわかってるよね（笑）。[*2]いわゆる高級万年筆をぼくは四十本ぐらい持ってるの。

目　で？

沢　それが全部、書きづらい。

目　ええと、欲しいけど買えないものっていうテーマを変えてもいいんだけどさ、これはお前がやりたいって言ったんだからね（笑）。

沢　そうか。[*3]

目　持ってるけど使えないってテーマに変える？　それなら自慢じゃないけど、おれもいっぱいあるぜ。

沢　たとえば？

目　暮れに机を整理しようと引き出しを開けたら、携帯用の小さいワープロが出てきたんだよ。それよりひとまわり大きい携帯ワープロは以前使っていたんだけど、すごくちっちゃいやつが出てきたわけさ。あんなの、いつ買ったのかなあ。

2　心配になった人の弁。

3　話したいことを話していただけで、テーマなど考えていなかった人の弁。

沢　それ、ぼくが使えない？
目　なんでお前が使うんだよ。おれのものだろ。
沢　使わないならくれてもいいじゃない。
目　そういうテーマじゃないの。
沢　欲しいけど買えないものか。何かあるかなあ。
（ここで木村晋介登場[*4]）
木　どうもどうも。
目　さっそくなんだけど、沢野の発案で今日のテーマは「欲しいけど買えないもの」なんだけど、何かある？
木　おれはスニーカーが買えないね。
沢　スニーカーが欲しいの？
木　欲しいんだよ。でも、スニーカーを売っている店に行くと、いっぱい並んでるだろ。あの中から一足選ぶ自信がない。
目　靴は人に頼んで買ってきてもらうわけにいかないしな。

4　目黒と沢野の掛け合いが延々と続いていた意味がようやくここで判明する。

木 それにいまのスニーカーって、おれたちが子供の頃の運動靴とはあまりにも違っているだろ。
沢 いや、中には素朴なやつもあるよ。
木 店員さんから、どういうのにしますかと聞かれた段階で、もう困っちゃうんだよ。あとはビデオカメラかな。
沢 欲しいけど買えないの？
木 古いビデオカメラを持っているんだよ。それが重くてさ、バッテリーも四十五分しかもたない。[*5]
沢 じゃあ、買い換えればいいじゃない。それだけの話だよ。
木 でも、いまのビデオカメラでもとりあえず用はすむしな。なかなか買い換えられないね。
沢 おれね、若くて言うことを聞く妻が欲しい[*6]（笑）。
目 それは欲しいけど買えないもの、じゃないだろ。ただ欲しいもの、だろ。
沢 なかなか取り換えられなくてね（笑）。

5 そういう時代があったのである。

6 コメント不能。

木　あとはそうだな。電気髭剃《ひげそ》りを買いに行くと、その横に電気鼻毛剃り器が売っているんだ。

目　そういうのがあるの？

木　いいだろ。それが欲しいんだけど、これがなかなか買えないなあ（笑）。

目　え、どうして？

木　だって、恥ずかしいだろ。

目　高いものなの？

木　いや、安いよ。

沢　痛くないのかな。

木　痛くない痛くない。

目　それ、おれも欲しいなあ。

木　買える？

目　おれ、平気だよ。すぐ買いに行くな。

木　じゃあ、今度二個買ってきてもらおうかなあ。鼻毛剃り器は椎名も絶対に買いに行けないと思うよ。

（ここで椎名誠が登場）

目　椎名、鼻毛剃り器、買える？
椎　その前にさ、どうしてそんなものが必要なんだ？
木　だって鼻毛が伸びたらイヤだろ。
椎　ハサミで切ればいいじゃんか。それに電気鼻毛剃り器なんて見るからに痛そうだな。
目　それが痛くないんだって。おれもよくは知らないんだけど（笑）。
沢　木村君はどうして恥ずかしいのかな。
木　だって「木村晋介が鼻毛剃り器を買いに来た」って言われるんだぞ（笑）。
沢　言うかなあ。
目　そうだよ。みんなもそんなに暇じゃないって（笑）。
木　じゃあな、もっと言うぞ（笑）。
椎　言いなさい。
木　立ち食い蕎麦《そば》屋にお稲荷さんが置いてあるだろ。
沢　あるねえ。

木　あれが注文しにくい（笑）。

目　それ、すごくわかるなあ。隣の奴が食べているのを横目で見て、おれも食べたいなと思うんだけど、何かちょっとね（笑）。

木　お稲荷さん自体は別に恥ずかしくないんだけど、立ち食い蕎麦屋でお稲荷さんはなあ。

目　立ち食い蕎麦屋に入っていくのも恥ずかしいでしょ。

木　まあ、それもあるね。堂々と入っていけない自分がたしかにいるんだけど、でもそれはさ、「おれは蕎麦が好きなんだから」って顔して、その勢いで入れば何とかなる[*7]（笑）。

椎　何とかね。

木　そう。「立ち食い蕎麦だってうまいんだぜ」「おれは江戸っ子だい」みたいな勢いで入るわけ（笑）。ところがそこで、お稲荷さんを見つけると、「江戸っ子だい」という気勢が削《そ》がれちゃう（笑）。

7　何事にも勢いというものが必要なのである。

椎　その立ち食い蕎麦屋に誰もいなかったらお稲荷さんを注文できるのかあ？

木　誰もいなかったら大丈夫のような気がする（笑）。

目　それと同じようなことなんだけど、東京競馬場の一階に立ち飲みのコーヒースタンドがあって、そこでゆで卵を一個五十円で売ってるの。で、いつもコーヒーを飲みながら、そのゆで卵を食べたいなと思うんだけど、なかなか注文できない。

木　ああ、すごくわかるな（笑）。

目　隣の奴がコンコンと殻を割って食べているのを見ると食べたいなと思うんだよ。でもダメなの。

沢　椎名君は、欲しいけど買えないものって何かあるの？

椎　おれ、ユニクロのフリースが欲しいけど、買えないなあ（笑）。

木　それは何となくわかるね。

沢　買いに行けばいいじゃん。

椎　だって、どこにその店があるのかも知らないんだ。

沢　あとは？

椎　ローマ字変換のワープロが欲しいな。

目　えっ、どうして？

椎　おれ、親指シフトのキーボードで日本語で打ってるだろ。でもいまはみんなローマ字変換じゃないか。なんか時代に取り残されたような気がしてくるんだよ。

目　そんなことはないと思うけど、どっちみちワープロはなくなっちゃうから、もうパソコンでやるしかないよ。*8

椎　そうかあ。

木　ちょっと逆の例にいっていいかい？

目　何ですか。

木　本当は欲しくないんだけど、断りにくいもの（笑）。

目　具体的には？

木　たとえば飛行機に乗って「コーヒー、オア、ティ

8　このあと椎名と目黒は中古ワープロを買いに走るが、それは後日の話である。

ー」って聞かれるわけだよ。おれはコーヒーを飲まないから「ティー」と言うわけだよね。そこで会話は終わってほしいのに、その次にミルクかレモンを選択しなければいけないんだ。

目　木村さんはミルクもレモンもいらないんだ。

木　そう。いらないんだけど、ミルクかレモンか、つい言っちゃうんだよ。

椎　そういう例って、他にもあるか？

木　洋食の朝飯だって、卵はスクランブルにするかボイルにするか決めなければならないだろ。

目　ようするに、何でもいいんだから決まったものを出せと。わずらわしいから聞くなと。そういうこと？

木　本当はどっちでもいいのに、ハムエッグにするか、ベーコンエッグにするか、聞かれると迷っちゃうんだよ（笑）。でも近くの目を気にすると、ハムエッグよりベーコンエッグのほうがカッコいいんじゃないか、とかさ（笑）。

椎　タマゴ料理でまわりを気にすることはないんじゃないか。

目　それよりも、どうしてハムエッグよりベーコンエッグのほうがカッコいいのか、よくわからないんだけど（笑）。

木　目玉焼きかスクランブルかっていったら、スクランブルのほうがカッコいいだろ？

目　どうして？[9]（笑）

沢　晋ちゃんはそう思っている！　ってことだよね。[10]

目　一つ、質問していいですか。

木　いいよ。

目　さっきのレモンティーとミルクティーのことですけど、それが選べないのは、紅茶の場合はどっちがカッコいいっていうのがないからですか。

木　いや、どっちかと言えば、レモンティーのほうがカッコいいね[11]（笑）。

目　あ、そう。レモンティーのほうがカッコいいの

9　理由を聞きたい人の弁。

10　理由には興味のない人の弁。

11　じゃあ、カッコいいほうを選べばいいじゃん、と思った人は数行先を読まれたい。悩むからにはちゃんとした理由があるのである。

(笑)。知らなかったなあ。

木　ただ、おれは猫舌だからね。レモンのほうがカッコいいんだけど、ミルクを多めに入れたほうが飲みやすくなるわけ(笑)。

目　カッコいいほうを選べないという悩みなんだ(笑)。

木　そうなんだよ、おれとしては立ち食い蕎麦屋でお稲荷さんを食べちゃったときと同じ心境なんだよ(笑)。

沢　寿司《すし》屋なんてどう?

木　あのね、寿司屋に入って、マグロ出してくれるって言ったときに「どこにしますか。トロですか、中トロですか、赤身ですか」って聞かれるだろ。そういうときにどうする?

目　おれは、中トロだな。

木　そうだろ。おれもそうなんだ。トロって言うのはあまりにもありきたりだし、赤身って言うのはケチっているように思われそうだし、だったら中トロだなと。

目　なるほど、そういう心理だというわけか。

木　それは「ハムエッグですかベーコンですか」と聞かれたときにそんなにベーコンを好きでもないのに「じゃあベーコンエッグ」と言っちゃうのと同じなんだよ。

椎　とにかく、お前はカッコいいのがいいんだな。

沢　おれはいつも上寿司ふたつって注文するよ。

木　それ、すごいな。カウンターに座って言うのか？

沢　カウンターじゃ言えないな。おれ、寿司屋のカウンターには座らないようにしているの。ボックス席に座って、上寿司ふたつ。

木　寿司屋のカウンターに座って「上寿司ふたつ」って言えないという羞恥心《しゅうちしん》をお前が持っていることにおれは驚いたね[*12]（笑）。

目　それはやっぱり言いづらいでしょ。

木　でもお前、女の子を連れて寿司屋に行って、カウ

12　ホントに驚いた人の弁。

ンターに座らないのか？
沢　うん。
木　で、上寿司ふたつって注文するの？
沢　うん。
木　いい度胸してるなあ。
沢　おれ、回転寿司にもよく行っちゃうよ。
木　ちょっと待て。お前の年で、女の子を連れて回転寿司屋に行くのか！　それはすごいなあ。
沢　でね、まわっているものには手を出さないの。握っている親父に「マグロ！」とか言っちゃうの。そうすると「こいつできるな」っていう目で見られるんだよ（笑）。
椎　じかに注文するなら普通の寿司屋に行けばいいだろ。
沢　だって普通の寿司屋は高いもん。
木　もうお前にできないものはないね*13（笑）。
沢　晋ちゃんは回転寿司屋に行かないの？

13　感心した人の弁。

木　行かないねえ。

沢　今度行ってみれば。アソコはなかなかいいよお。

スポーツは体によくない!?

椎　プリン体除去ビールって知ってるか。
目　なに、それ？
椎　正確には発泡酒だけどな。プリン体が大幅にカットされているんだよ。これは画期的なんだ。
目　そのプリン体というのを除去すると、味はどうなるの？
椎　それがまだわからない。
木　まだ飲んでないんだ。
目　ちょっと待ってね。そのプリン体除去を売り物にするってことは、プリン体で悩んでいる人が多いってこと？
椎　オレがそうなんだよ。

木　ビールにプリン体が多いって言われるようになったのは、ここ五年くらいだよな。新しい科学が解明したわけだ。プリン体を多く摂取しすぎると痛風になると。

目　ふーん。

椎　ウニもプリン体が多いから、ダメなんだよ。

沢　何なの、そのプリン体って。

椎　細胞の胚《はい》だな。あまり深く聞くなよ*1（笑）。

木　詳しく聞かれると困るわけね（笑）。

椎　細胞一個についてプリン体は一個あるわけ。それ以上、聞くなよ*2（笑）。卵には必ず一個胚があるから、イクラとかスジコとか、たった百グラムでも胚が五百個くらいあるわけだ。だから、スジコひと切れを食べるなら、大きなダチョウの卵を一個食べたほうがいいことになる。プリン体の摂取はそのほうが少なくてすむ（笑）。

木　迷惑なんだよプリン体は。金山町で浮き球の全国

1　深く聞かれると困る人の弁。

2　心配なので念を押しておく人の弁。

大会をやったときに、試合が終わって、ビールがいちばん多いんだよなとか、プリン体の話をしていたわけ。そこにちょうど冷えたビールを「どうですか」って持ってきてくれた人がいたんだけど、椎名が「あとで」って断っちゃった。お前のプリン体のためにビールを引っ込められちゃ困るんだよ（笑）。

椎　焼酎《しょうちゅう》はプリン体が少ない。

沢　そういうのわかるの？　プリン体が多いやつと少ないやつ。

椎　わかるよ。

沢　すごいね。

椎　でも、謎なんだ。たとえば、干椎茸《しいたけ》やほうれん草はプリン体がやや多いんだけど、生椎茸はそうでもないらしい。

目　ちょっと待ってね、すべての食品にプリン体は入っているの？

椎　細胞なんだから、すべての食品にあるよ。多いか

少ないかの違いだけ。
目　ふーん。
沢　じゃあ、少ないもの、言ってくれる？
椎　パンは少ない。
目　椎茸とか、ほうれん草って言っているんだから、他の野菜で言ってよ。
椎　ジャガイモは少ない。
木　ニンジンは？
椎　少ない。大根も少ない。
目　じゃあ、色じゃないんだ。
木　やっぱり、サクサクしているものはプリン体が少ないんじゃないか。
目　そうかなあ。
沢　甘いものとか、しょっぱいものとかに関係はないの？
椎　全然、関係ない。いちばんよくないのは、フグの白子なんだ。

目 おっとー[*3]。
椎 オレ、7・6まで戻したんだよ。
目 平均って幾つなの？
椎 7かな。
木 いや、7が一応の安全値で、7を超えると危険になるわけ。
沢 7・6ならまだ大丈夫じゃないかな。100とかいう人、いるよ。
椎 オレ、尊敬するな、その人。
目 それは体質の問題なの？　遺伝するの？
椎 それがよくわからない。
沢 痛風って、足とか肩が痛くなるんだよね。
木 足の親指が痛くなる。
椎 親指が腫《は》れるんだよ。
目 その数値って、健康診断でわかるの？
木 血液検査をすればわかる。
目 じゃあ、オレ、何も言われてないから大丈夫なの

3　このとき目黒がなぜ驚いたのか、説明がないので他の人にはわからないと思うが、この直前、椎名と一緒に行った店でフグの白子を食べたばかりだった。

かなあ。
木　痛風って「痛い風」って書くんだけど、なんでか知ってるか。風が吹いても痛いってわけ。
椎　オレ、それ言いたかったなあ(笑)。
木　触れられたら痛いとか、蹴《け》飛ばされて痛いとか、そういうレベルじゃないんだ。風が吹いても痛いんだから。
沢　痛風は酒飲みに多いよね。
目　酒は良くないの？
椎　醸造酒系はプリン体が多いから。
目　痛風ってプリン体のせいなのか。
椎　お前、いままで話していたことをわかってないな。
木　痛風の原因の話をしているんだよ。
目　あっ、そうだったの？　沢野、わかっていた？*4
沢　何となく。*5
目　でも、どうして足の親指が痛くなるの？
椎　いい質問だね。これから説明するから、黙って聞

4　わからないのが自分だけではイヤだなあと思った人の弁。
5　やっぱりわかっていなかった人の弁。

けよ。プリン体を含む食品を食べても、普通は小便と一緒に流しちゃうんだよ。ところがたくさんプリン体を摂取すると流しきれないで血液内に残ってしまうんだな。で、そのプリン体は不思議なやつで、何か結晶をつくるんだね。結晶は普通は溶けちゃうんだけど、たくさんあると溶けないで血液の中を駆けめぐるわけ。で、いちばん攻めやすいところは人間の末端なわけだよ。それで足に来る。足の親指あたり。そこに結晶がトゲのように突き刺さる。それで痛くなるらしい。

目　ふーん。

椎　レスラーとか相撲取りに痛風は多いらしいな。

目　いっぱい食べるから？

椎　激しい運動をして、そのあとにビールをいっぱい飲むからだろうな。

木　運動して汗をいっぱい出すだろ。ようするに水分の切れた状態のところにビールを飲むのがいけないんだ。

椎　いちばんいけないんだ。オレ、そういうことばっかりやっていたからなあ。
目　それはなっちゃうと治らないの？
椎　治らない。
木　治りにくい。
椎　再発しやすい。だから、なりたくない。
沢　で、注意してるんだ。ビールを控えめにするとか。
目　じゃあ、オレは大丈夫だ。運動はしないし、汗もかかないから（笑）。*6
沢　何がトクするか、わかんないねえ。
木　スポーツは体によくないな（笑）。ゴルフも腰を痛めるしな。
沢　それは違う話でしょ。フォームがいけないんじゃないの。
木　お前ねえ、プロだって腰を痛めるんだぞ。タイガー・ウッズだって膝《ひざ》をやっちゃったし、貴乃花《たかのはな》を見てごらんよ。柔《やわら》ちゃんだって、ええと、腰だっけ、どこ

6　運動しない人の弁。

か痛めているだろ。

目 オレ、よく知らない。

椎 プロレスだって、目黒は知らないだろうけど、ハヤブサ*7というスーパーヒーローがいるんだよ。隼《はやぶさ》のようにぴゅんぴゅん空を飛んでいたわけ。でも着地に失敗して頸椎《けいつい》を損傷しちゃってなあ。

木 スポーツほど体に悪いものはないね。

沢 それ、スポーツのせいじゃなくて、飛ぶからいけないんじゃないの。

目 それはプリン体のせいじゃない。

木 練習するのもよくないな。

目 でも練習しないで、いきなり走ったら怪我《けが》しちゃうよ。

木 ゆっくり走っていればいいんだよ。百メートルを九秒で走ったところで何の役に立つか、言ってごらん(笑)。

沢 戦争はなくならない。

7 本名・江崎英治《えざきえいじ》。大学卒業後、FMWに入団。トップレスラーとして君臨するが、試合中のアクシデントにより頸椎を損傷し全身不随となる。リハビリを重ね、奇跡的に自力で立ち上がるまでに回復。現在は歌手、俳優として活躍中。

木　そば屋の出前が百メートルを九秒で走っても困るだろ。

椎　つゆがこぼれる（笑）。

木　いいのは、カーリングだね。あれはホウキではいているだけだし、体を壊さない（笑）。

椎　氷の上でやっているから汗をかかないし、ビールも飲みたくならない（笑）。

沢　じゃあ、ゲートボールもいいんじゃないの。

木　ゲートボールはいいね。

沢　ボーリングは？

木　あれはダメ。ボーリングの球を足の親指の上に落としてごらんよ。風が吹いても痛いっていうのに、あんなのを落としたら大変だよ。

目　ボーリングの球が足の親指の上に落っこちたら、痛風の人じゃなくても痛いよ。*8

木　弁護士はゴルフ場でよく死ぬんだよ。知ってたか。

椎　どうして？

8　おっしゃる通りで。

木　すっごく集中するから、長いパットが入ったときに興奮するわけだよ。そのときにプチってきちゃう。

沢　どうして弁護士だけがそうなるんだよ。

目　そうだよ、それおかしいよ。

木　弁護士のやるスポーツといったら、テニスとゴルフくらいしかないんだよ。で、テニスは七十歳過ぎてまでやれないだろ。そうするとゴルフだけになる。

沢　なるほど。

木　最近はお年寄り用に、カップのまわりに大きな白線を描いて、そこに入ったらOKというゴルフ場もあるんだから。

目　うそーっ。その白線って何センチなの？

木　あのね、じゃあ、エイジシュートって説明させてくれる？

椎　途中で質問していい？

木　オレはいいよ（笑）。

目　何よ、そのエイジシュートって。

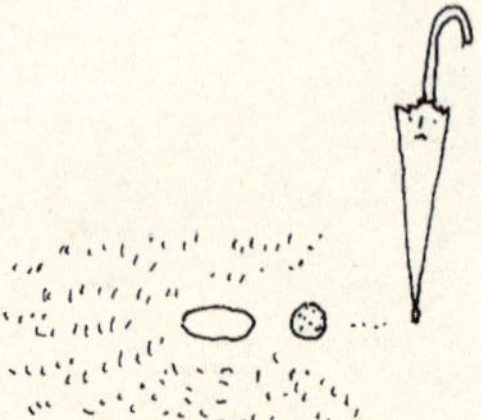

木 簡単に言うと、自分の年齢より少ない数でまわること。つまり七十四歳の人が七十二のパーでまわれば、エイジシュートなわけだ。それが僕らのような普通のゴルファーの目標なわけ。

目 それ、難しいの？

木 難しいよ。九十歳のときに九十でまわれる自信はないね。だいたい七十前後の人がエイジシュートの可能性がある。だから、そういう人が18番ホールに来て、このパットを入れればエイジシュートだってときに、すごく緊張するわけだよ。一生に一度のチャンスだからね。それで、コンとやって、ポコンと入ったときに、プツンと切れちゃう。

沢 晋ちゃんの知り合いの弁護士で、ゴルフ場で死んだ人って、みんな、そのエイジなんとかなの？

木 みんな、狙っているから。

目 ちょっといい？ カップのまわりに引かれた白線は何センチなのかって、オレは聞いたんだけど。

木 一メートル。

目 じゃあ、そこに入れればいいんだから、緊張もしないんじゃないの。

木 白線のあるゴルフ場はまだ少ないんだよ。だから、お年寄りの多いコンペのときは、一メートルの円を描いてその中に入ったらOKということにするの。最後のパットをさせないことで命を守るんだよ。

椎 そのエイジシュートが危険なのはゴルフをやるからだろ。ゴルフなんてやらなけりゃいい。*9

木 スポーツは危険なんだな。

目 汗をかくとビールを飲みたくなるし。

椎 スポーツとプリン体はよくないね。

木 お前、このカキ、食っていい？　これ、プリン体、多そうだし（笑）。

9　ゴルフをやらない人の弁。

老人と事件

沢野ひとし

初老というのは五十歳前後の人のことだと思っていた。ある時辞書を見て驚いた。──老境に入りかけの人、四十歳の異称と書いてあるのだ。「いい年こいて」のいい年がいくつからを指すのかわからず、しばらく悩んだこともある。かなりの年齢、相応の分別ができていい年齢と曖昧《あいまい》に書いてあった。老人になるにつれて人は丸くなり穏やかになるという。人の話をじっくりと聞いて適切なアドバイスをするようになるともいう。

私もついに六十五歳になった。

先日、中央線国立《くにたち》駅の改札口で怒鳴っている老人を見た。七十歳くらいでサンダル履きにくだけた服を着ている。架線事故のため電車がしばらく止まっていた。老人は係員に「早くしろ」と大声をあげ「昔の国鉄はこんなことはなかった」とまくし立てている。私は自分を重ねるように老人を見つめていた。夕方だというのに酔っぱらっているのか、体がふらついている。「早く吉祥寺《きちじょうじ》に帰りたい」声は泣きだしそうな調子に変わっていた。

酒でも飲んで時間をつぶそうと、近くの焼き鳥屋のノレンをくぐったが、老人たちが重なるように席を埋め、座るイスもない。仕方がないので大学通りのベンチに腰をおろしコンビニで買った缶ビールを飲んでいると、隣に年配の男が座り、同じように缶ビールを取り出した。

「自分だけは老人にはなりたくない」若い頃は誰もがそう思い行動するが、年金をいただく年齢になると、みな同じように思考し、行き先も似てくる。

ふたたび駅に戻ってみると、思ったとおり電車は止まったままで、先ほどよりさらに人が増えていた。やはり老人が大声をあげ「どうなっているんだ」「責任者を出せ」「説明がなっていない」と騒いでいる。若い人は携帯を取り出し「ごめん、事故で遅れるけど」と笑っている。老人は社会への不満をすべて列車事故にぶつけるかのように怒鳴っている。

私は自分のなすべき行動についてしばらく考え、人をかきわけ、JR職員に詰め寄った。「説明はいいから代わりのバスを出せよ」もともと興奮しやすいタチのうえ、酒が入っているから声もでかくなる。「民営化されてからひとつも良くなっていないじゃないか」「だいたい中央線は事故が多すぎる」まわりの老人たちも口々に叫んでいる。警察官が現れ改札口の前に無表情に並びはじめた。「警察は帰れ！」「国家権力の介入認めないぞ」七〇年安保を経験した老人たちは、こうなると元気が出てパワー全開となる。

やがて電車が走りだすと潮が引いたように人々はいなくなり、改札口の前もガランとしてきた。だが名残惜しそうに二、三人の老人が立っている。もちろん私も何か釈然とせず腕組みをしていた。

老人は事件を待っているのだ。

もし空を飛べたら

木　もし空を飛べるようになったら、世の中はどう変わるかね。

沢　空を飛ぶということは羽根がいるわけだろ。そうすると、ファッションが変わるな。派手な羽根をつける奴が絶対に出てくるよ。ちょっと見てくれよおれの羽根、とか言う奴がいるんだよ。

目　飛べるというのは、着脱可能な羽根があるってことなの？

沢　そうだよ。

木　そうすると、羽根が薄くなって悩む奴がいるね。*1 ハネランスが流行《はや》ったりとか（笑）。

椎　世の中が変わるってその程度なのかあ。空を飛べ

1　着脱可能な羽根なのだから、薄くなったら替えればいいわけで悩む必要はない。これは直前の発言を聞いていない木村晋介の勘違い。

るんだぞ、もっと根本的に変わるような気がするなあ。

目　ちょっと聞いていい？

木　いいよ。

目　そのときに、普通の鳥もまだ飛んでいるの？[*2]

沢　もちろんだよ。

目　じゃあ、空が混雑しちゃって大変だね。

沢　でも空を飛んだほうが速いから、やっぱり歩く奴は少なくなっているんじゃないの。

目　変わり者が地上を歩いているんだ。

沢　新宿駅の空は混むだろうな。

椎　どうして新宿駅の上が混むんだよ。空を飛ぶんだから、もう電車なんて関係ないだろ。

目　でもね、みんなが空を飛ぶようになったら、空の道をきちんとつけないと事故が起きちゃうぜ。空の交通規制が激しくなるんじゃないか。

木　そうだな。

目　むしろ、地上が自由になるんだよ。どこを歩いて

2　もし○○だったら、というテーマは頻繁に使用されるが、状況をすべて設定してから始める議論ではないので、こういうふうに途中で確認しなければ出席者もわからないというケースが少なくない。

もいいとか。

沢　いくら空を飛べると言ってもそんなに速くピューッと行けるわけじゃないから、急ぐ人は飛行機に乗るんだよね。つまり、飛行機は飛んでいるわけ。

木　おお、なるほどな。

目　鳥も飛んで、人も飛んで、飛行機も飛んでいるのか。すごい混雑だぜ。

椎　やたらに飛びまわると、ぶつかっちゃうから、高速飛行帯ができるな。

目　うん。絶対にルールができると思う。普通の一般道と高速道。

木　首都空中高速道ね。

目　その上にジェット機が飛んで空にエアポートができる。

沢　そうなると、通勤途中のオフィスラブはどうなるの？[*3]

目　なに、それ？

3　こういうことが気になる男なのである。

木　飛びながらじゃ、まずいって言うのか。

沢　いや、若い二人が通勤電車で知り合うってのがあるじゃない。*4

椎　空を飛びながらあるんじゃないか。「あなたの羽ばたきがいいわ。力強いわ」なんて（笑）。

木　飛びながらの痴漢とか、あるのかね（笑）。

沢　やめてください、こんなところで*5（笑）。

目　でも、よく考えてみると、地上の事情が全部空に行くだけだから、全然事態は変わらないような気がするなあ。通勤時間も同じ時間帯だし、ラッシュアワーはあるし。

沢　ただ、タバコを吸いながらは飛びにくいよ。

椎　くわえ飛行は禁止だな。

木　通勤読書もなくなる。本を読みながらじゃ飛べない（笑）。

目　あと、雨降りは辛《つら》いでしょ。

沢　それなりに飛行中につける傘が発明されるんじゃ

4　通勤電車で知り合うことを、オフィスラブと言うだろうか。通勤電車→会社→オフィスラブ、という連想と思われる。

5　と言いながら身悶《みもだ》えた。

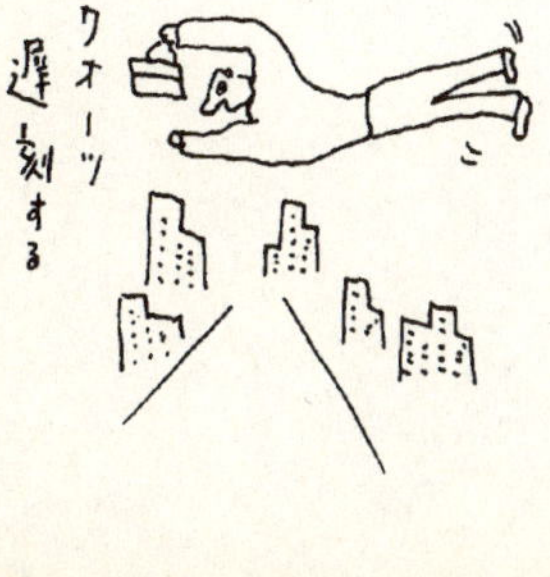

ないの。

目 傘をさして飛ぶのかい?

椎 羽根コートが発売されるな。

木 マントみたいなやつね。

椎 これがお前、カッコいいんだよ。

沢 そうだよ、やるときはやるんだよ(笑)。

目 でもね、しつこいようだけど、冷静に考えると事態は変わらないよ。みんなが飛べるようになるんじゃなくて、自分だけが飛べるなら面白いけど。

沢 そうかなあ。一家で空の旅行なんて可愛いよ。

木 まあ、全員が空を飛べるということはみんながスーパーマンになることだから、自分だけのほうがいいかもしれないな。

目 あるいは、空を飛ぶためにはすごく難しい国家試験を受けて、その難関を通った人間だけにするとか[*6]。

椎 自動車免許と同じで、飛ぶためのライセンスだ。

沢 十八歳以上になったら、誰でも受けられるの?

6 極論を展開するためには国家試験を導入したほうが話が進展しやすいというだけで、国家試験が好きなわけではない。

目　そうだね。空を飛んでいる人を見て、ぼくも大きくなったらああいうふうになろうと子供が思うわけよ。

木　免許取れるのは何人くらいかね。

沢　やっぱり弁護士ぐらいがちょうどいいんじゃないの。

木　一万五千人？

沢　ちょっと多いかな。

木　国会議員くらいか。

椎　でも、そうすると相当いやらしいだろうな、下から見ると。

目　そういうもんじゃないんだ。これはかなり厳密な監視委員会があるんですよ。つまり空を飛べるというのは大変なことだから、国家試験を通ったからといって、それに慢心して威張っちゃうと、年に一回の査問委員会があって資格を奪われちゃうの。だから、本当にいい行いをする人しかなれないんですよ（笑）。

木　スーパーマンだからな。

目　そうですよ。

木　人助けとかをしなくちゃいけないんだよな。

沢　裏で金を渡してもダメ？

目　ダメ。失格！

椎　空から万引き現場を見つけたら、すぐパァーッと降りていって「ダメですよお」とか言うのか。たいしたスーパーマンじゃねえな（笑）。

目　「おい、またヘンなのが空から来たぞ」なんて（笑）。

木　やかましいだけだったりしてな。

沢　でも、高層ビルの上のほうの階でパーティがあったときは、いいね。混んでいるエレベーターで降りなくても、パァーッと空を飛んで帰ればいい。[*7]

木　酔っぱらったら飛んじゃいけないんだよ。

目　酒酔い飛行は資格剝奪《はくだつ》だよ。

椎　しかし、どうやって調べるんだい？

目　もちろん、空にパトロールがいるんだよ。

7　パーティの帰りに混んでいるエレベーターに乗って、なんだか嫌だったなあ、という経験がある人の発言。

木　飛んでるお巡りさんがいるんだね。

目　そうそう。

椎　本当に飛べたらいいよな。おれ、どんなに苦労してもその試験を受けるな。

沢　その試験、どんな内容なの？

椎　まず試験を受けるには年齢制限があるね。

沢　試験の内容は？

椎　空飛ぶ一般常識だな。

目　どういう常識？（笑）

木　季節の鳥の種類とかね。

沢　空を飛べたら、どんなときに便利なのかなあ。

椎　そりゃあ、鳥のように便利だろ（笑）。

木　たいした根拠じゃないね（笑）。

目　その試験はやっぱりすごいと思う。たとえば気象状況を知っていなければいけないとか。

木　台風の日は飛んじゃいけないの？*8

目　この風が吹いてきたら三時間後に雨が降るとか、

8　こうやって少しずつ状況設定が出来上がっていく。だからどうだ、というわけではないが。

そういうことも知っておかなくちゃいけない。

椎　気象状況のプロか。

沢　一般常識の試験って、どういうの？

椎　簡単な算数ができるとか、漢字が書けるとか、外国人との接触もあるだろうから語学も必要とか、いろいろあるよ。

木　飛べるということは、生活範囲がひろがるわけだから、簡単な会話ぐらいできなくちゃな。

目　でも、日本からアメリカまでは飛んでいけないでしょ。

木　あ、そう。どのくらい飛べるの？

沢　やっぱり一キロくらいじゃないの。

椎　もっと飛べるだろ。

目　百キロは飛べるよ。

木　トビウオくらいにしようか。

目　どのくらい飛べるの？

木　普通は二、三百メートルだけど、うまくすると二、

三キロは飛ぶよ。

目　二、三百メートルじゃな。

椎　せわしない。

木　滑空もできる?

椎　できるさ。

目　東京から大阪まで行けるくらいがいいね。

木　おれはできれば八丈島《はちじょうじま》まで行きたいな。[*9]

沢　晋ちゃんの個人的な希望を聞いているんじゃないんだよ。

椎　飛行免許に一種と二種をつくったほうがいいな。長距離と中距離の免許。

沢　でも飛べるというのは派手だから、これはけっこう態度がでかくなるね。

椎　嫌な奴になる可能性があるな。

木　それだと免許剥奪だろ。

目　査問委員会にかけられるね。

沢　でも、どうして態度が悪いとダメなの?[*10]

9　東京から新大阪までは約五百五十三キロメートル、八丈島までは約二百九十キロメートル。したがって東京・大阪間を飛ぶことができるなら、東京・八丈島間を飛ぶことは簡単である。

10　自分が空を飛べるようになったら絶対に態度が大きくなるなと思う人の発言。

椎　車の免許だって人格は関係ないぞ。

木　こっちは飛べるんだから、悪いことができちゃうんだよ。だから資格審査も厳しい。

沢　悪いことって何？

目　上から覗《のぞ》いちゃうとか。ピューッて上から降りてきて、帽子を取っちゃっても誰も追いかけられない。

椎　せっかく空を飛べるのに、そいつはそんなことしかしないのか（笑）。

木　刑事がアリバイ崩しに来ても「そんなもの、空を飛べでもしなけりゃ、不可能でしょ」とか言っちゃうんだよ。*11

目　言いそうだよね。

沢　でも、ビルの掃除とか煙突掃除とか、屋根の修理とかには便利だよね。

椎　空を飛べるんだから、お前、もうちょっと何とかならないか（笑）。

目　ねえ。

11　いくらそんなことを言っても厳しい資格審査がある免許制度という前提なのだから、すぐバレてしまうと思う。

木　空を飛べるようになったら何をしたい？

目　それが最大の問題だね。

椎　まず、飛んでる鳥を脅かしたい（笑）。

目　「わっ」とか言うの？（笑）

木　それはおれもやってみたいけど（笑）。

目　そりゃあ、向こうは驚くだろうけど、何の意味があるのかねえ（笑）。

椎　いいじゃない。楽しいぞ。また来たよあいつ、ほっとけバーカ、なんて言われたりするんだよ（笑）。

沢　小さな子供を乗せて、空から楽しませてあげられるね。あ、遊覧飛行なら、飛行機があるか。

目　そうだねえ。やっぱり空を飛べるようになっても、あまり変わらないような気がするな。

椎　でも空を飛べるんだぞ。

木　ビルの屋上から飛び降りようとしている人を助ける。あとは、飛行機のガソリンが切れたときに下から支えてあげる。*12

12　羽があって空を飛べるようになっても怪力の持ち主になるわけではないから、飛行機を持ち上げることは不可能。つまり、空を飛べることをスーパーマンになることと、この発言者たちは同一視しているのである。

沢　選挙の日は「みなさん投票に行きましょう」ってみんなに教えてあげる。
目　ようするに、たいしたことはできないね。
椎　わかった。バイク便よりもっと速い飛行便。
目　せいぜいその程度だよ。
木　それだっていま、飛行機がやってるだろ。
椎　交通渋滞が関係ないんだぞ。
目　いまも航空便があるんだけど。
椎　つまんねえな。もっとすごいことがあるんじゃないか。何かあるだろう。空を飛べるんだから。
目　通勤の往復に空を飛んで、あとは普通に仕事しているんじゃ、せっかくの能力がもったいない（笑）。
椎　羽根の持ち腐れ（笑）。
木　通勤の行き帰りに、鳥をわっと脅かすだけじゃあ、淋《さび》しい人生だよ（笑）。
目　鳥迷惑な奴だ（笑）。
椎　ダメか。おかしいなあ。

木　もうちょっと何とかならないかね。
目　だってあまり重たい荷物は持てないだろ。
沢　本も読めない。
目　つねに身軽じゃなけりゃならないんだぜ。けっこう不便だよ。
沢　愛人の部屋に行くのも、空を飛んでいくと目立っちゃうしな。
木　また飛んできたよ、なんて話題になるな。
椎　渋滞のとき便利だけどな。
目　それくらいだよ。
椎　よし、空を飛ぶのはなしにしよう（笑）。水に潜れるってのはどうだ？
目　同じ結論になると思う。会社の往復に水に潜って、魚をわっと脅かしているんだろ（笑）。
沢　じゃあ、地中に潜れるってのはどう？
目　それも同じだよ。モグラをわっと脅かしているだけだ（笑）。

どこへ行きたいか

木　どこへ行きたいか、っていうのは人間のタイプで二つに分けられると思うんだ。つまり、行ったことのない新しい所をめざすか、前に行った所のほうがいいか。

目　それで？

木　オレはとにかくオレを歓迎してくれる所がいい。そこへ行けば、必ず知った客がいて、久しぶりだねぇなんて盛り上がっちゃう。そういうことが約束されていないとどうも億劫《おっくう》なんだよ。何度も同じ店に行ってるのにそこのオーナーを知らない人がいるけど、ああいうことはできない。やっぱりその店のオーナーと親しくなってワッと盛り上がりたい。*1

1　こういう性格の人なのである。

沢　ぼくはオーナーがすぐ出てくる店って嫌だな。

目沢　オレもダメ。

沢　じゃあ、八丈島のホテル＊2に行っても木村の場合だと「いやあ、いらっしゃい」となるのか？

木　うん、そのホテルのオーナーと仲良くなるだろ。すると宣伝用のパンフレットを帰りに持たされて、東京に帰ったら配って歩く。

一同　（笑）

沢　そういうのが好きなんだ。

椎　「遠くへ行きたい」という番組があって、あのテーマソングの中で〝知らない街を歩いてみたい〟＊3っていうフレーズがあるんだけどそういうのは木村にはないんだ。

木　そういう願望はないね。

目　知ってる所へ行きたい（笑）。

木　だから外国に行きたいとは思わない。

椎　オレ知らない街に行って知らない女とめぐり逢《あ》い

2　木村晋介と八丈島のつながりは深く、地元にたくさんの知り合いがいるので、よく出かけている。

3　永六輔《えいろくすけ》作詞、中村八大《なかむらはちだい》作曲「遠くへ行きたい」のワンフレーズ。

たい（笑）。

沢　歌の文句だよ、それじゃ。

椎　知らない街に行って知らない飲み屋に入るのはすごく勇気がいるじゃないか。港町の裏通りにちょいとしたのれんがあって、そこに行くといい女がいそうに思うんだよ。

沢　いたことがあるか？

木　いい女はそういう所にはいないね。

目　じゃあどこにいるの？

木　近くの街にいる。知ってる店にいる（笑）。

椎　それじゃロマンがない（笑）。知ってる所に行くのはあまりにも保守安定志向だろ。

木　だけどね、その知ってる所を増やそうとする努力はするんだぜ。

目　まず拠点をつくって、それを徐々に増やしていくわけだ。

椎　それは地主の発想だね（笑）。

木　だから行く店そのものは椎名より多いよ、オレ。
沢　それは全部オーナーがお友達？
木　うん、友人連れてステーキを食いに行っても店長が必ず出てくる。
目　そういうのがないとつまらないわけだ。
椎　あんたはヤクザに向いてるね（笑）。
沢　店長が出てこないと怒ったりして。
木　最近もらいタバコやってるんだ。[*4] で、一緒にいる友人がタバコ吸う人ならいいけど、吸わない人だとオレもタバコが吸えなくなる。そこで、店長のタバコを一本……。
椎　それじゃタカリの構造だ（笑）。
木　そうすると「わかりました」って持ってくるわけ。そのうちに座ると灰皿にタバコが一本ついてくる（笑）。
沢　それが嬉《うれ》しいんだ（笑）。
木　スシ屋に行っても、オレは何も注文しない。向こ

4　ケチなわけではなく、本人に言わせると、節煙のためにに自分では買わないようにしているとのこと。そうすれば吸う本数が減るのだという。

うが勝手にタコとかアナゴとかつくって出してくる。そういうのが好きだって知ってるから黙ってても出てくる。

椎　座っただけでねえ。

目　で、そういう店を増やそうという気があるわけだ。

椎　ナワバリをひろげる発想だね、それは（笑）。

目　でも、そういう関係をつくるまでの苦労はあるわけだよね。

沢　すぐできなくちゃ嫌なんだろう？　二十回も通ってなんていうんじゃダメなんだろ？

木　だいたい三回ね。この三回っていうのが大事なんだ。一回目は初回でしょ。で、二回目で裏を返して三回目から馴染《なじ》みになる。*5 なぜそうなのかと言うと、一回目はお互いに表面をつくるわけだ。

沢　うん。

木　オレのほうもつくるし、店もつくる。だから本当のことはわからない。でも何かいいなと思うから二回

5　初回、裏を返す、馴染み、というのは、昔の遊廓《ゆうかく》の言葉。落語好きの弁護士ならではの発言。

目行くわけ。そこで初めて向こうもうちとけてくるし、本音も出てくる。裏もわかるわけよ。本音がわかって嫌だなということもあるけどね。だから、ある程度本音がわかって、それでも三回目来たということは、お互いに大事なんだよ。馴染みになるんだ。

目　でも、「どこへ行きたいか」っていうテーマなのに、どうして飲み屋の話になるの？

椎　よし、じゃあいまここに三日間休みがあってさ、金が三十万円あるとしよう。さ、どこへ行く？[*6]

目　ぼくは簡単。三十万円持って神田《かんだ》へ行って全集を買えるだけ買って、あとの二日間はそれを眺めてニコニコしてますね。

沢　読まないんだよね、眺めてるだけ。

椎　たいした所に行くわけじゃない（笑）。

木　それじゃ飲み屋とあまり変わらないいんじゃないか（笑）。

沢　椎名君は？

6　こういう設問が好きな人なのである。もっとも有名な設問は、砂漠から帰った男の目の前に①ビール②カツ丼③女④雑誌、の四つがあったとして、何を選ぶか、というものだ。これでその人間がはかれるらしい。

椎　オレは沖縄に行くね。ほっとするんだよ。
木　三十万円あって三日間の休みがあれば、まず英会話の勉強をしたいな。
目　どうして？
木　ぼくがどうして海外へ行かないかっていうとね、外国には拠点をつくれないわけよ。
椎　馴染みの店がない。
木　外国のお店、たとえばスシ屋へ行っても、コハダが出てこないわけね。
沢　三回通って、馴染みになればいいだろ。
木　言葉が通じない。
椎　なるほど、海外に拠点をつくるためには、まず英会話を学ばなければならない。
目　着実だねえ。
椎　ナワバリを海外までひろげるつもりなんだ（笑）。そうすると、オレは沖縄、目黒は神田、木村はお部屋で英語のお勉強（笑）。じゃあ沢野は？

沢　オレはあまり行きたくないなあ。ボーッとした旅なんてイヤなんだ。何か目的がないと。今度アメリカに行くけど、ギブソン[*7]のギターを買いたいんだよ。そうすると今日もギター屋を見に行ったんだけど、いくらかなあ、なんて気になってカタログ見ていたりする。そういうのが楽しいんであって、旅そのものには興味がない。

椎　物欲で行くんだな。

沢　いや、そういうんじゃない。山に登るとか、何でもいいけど目的がなければ旅なんかしたくないってことだよ。

目　沢野は目的型の旅なんだ。

椎　よし、次は一ヵ月休みがあったらどうするか。

木　そうだね、一ヵ月あるなら韓国語を勉強したい（笑）。

目　世界制覇を狙ってる（笑）。

椎　目黒はどうする？

7　アメリカの楽器メーカー。特にギタリストのレスポールと共同開発したエレキギター、レスポール・モデルが有名で、多くの有名ミュージシャンが愛用している。かつてはロック小僧の間で、「いつかはギブソンを」が合言葉となっていたが、円高と日本人みな金持ち化のため、いまでは高校生でも簡単に手の届く値段になってしまった。困った世の中である。

目　一カ月あるなら、買ってある全集を読む。

椎　あんまり変わりばえしないねえ、キミたち（笑）。

沢　椎名はどうして島が好きなのかな。

木　島でのんびりするってのはいいよな。ともかく遮断されてる安心感がある。

椎　岩波写真文庫に「忘れられた島」*8っていう巻があって、三十年前の写真なんだけど、それを見ていると無性に行きたくなるんだよ、島に。

木　島志向は本来お馴染み志向なんだ。同じ島に通ってれば隅々まで知って、ナワバリって感じになるじゃないか。

椎　八丈島なんか何度行っても好きだし、藍ケ《あいが》江《え》*9の斜めになった舟上げ場に行くとね、本当にほっとするものがある。波なんかも騒いでくれるもの。だから同じ所に行って安心できるっていう木村の心情もわかるけど、決定的に木村と違うのは、盛り上がんなくてもいい、オレは。

8　岩波写真文庫の一冊として一九五五年五月に刊行された本（岩波書店編集部編　写真・岩波映画製作社）。一九八八年二月に復刻版刊行。

9　八丈島にある港の名前。

木　波が騒いでくれるだけでいいの？
一同　（笑）
目　でも八丈島は特別としても、椎名が沖縄へ行きたいって言っても、同じ島ではないだろ？　違う島に次々と行きたいってことだろ？
椎　そうそう。
目　一度知ったら、次は違う島に行くんだよね。
木　（小声で）それはだから理解できない。
一同　（笑）
椎　いいよ、理解してくれなくても（笑）。よし、話を少し変えよう。月へ行けるとする。でも帰ってこられない。そういう条件があったとして、行くか行かないか。
沢　行きたくないなあ。
目　向こうで生活はできる？
椎　できる。
目　居住空間はあるわけね、食糧もあって。ただ一度

行ったら帰ってこられないわけか。
沢 月なんて面白くないよ。
目 でも行ってみたいなあ。まだ地球でしたいことあるから、歳とったら行ってみたい。
沢 幾つになっても行きたくないよ。
椎 だって地球が見えるんだぞ。*10
目 そうだよ、興奮するよ。
沢 見たくないよ。
木 電話通じるのかね、地球と。
目 通じるならいい？
木 ファクシミリがあればなおいいけど（笑）。
椎 ダメだ、お前たちは（笑）。たとえば月でなくてもいいけど、昔「ミクロの決死圏」*11って映画があっただろ。縮小して人間の体の中に入っていくやつ。オレも行きたいんだよな。
木 あれは血液とかリンパ系に入るからいいけどさ、食道系統に入ったら大変だぜ。ウンコの中に入っちゃ

10 椎名と目黒は昔からSFが好きで、こういうことに感動するが、木村と沢野はまったく違うタイプなので、こういうことには感動しないのである。

11 一九六六年に製作されたアメリカ映画。リチャード・フライヤー監督。手術不可能な脳内出血患者を救うため、人間をミクロ化し、体の内側から、限られた時間の中で治療しようとする。五人の治療隊員が、白血球や抗体と戦う、という奇想天外な傑作SF映画。原作はアシモフ。

う（笑）。

椎　それでもいいじゃないか。次こそは血液の中に戻ろうって苦闘するんだ。

目　でも、戻ってこられなくなったらイヤだろうね。同じように戻ってこられないなら、オレは月を選ぶね（笑）。オレは人間の体の中より宇宙の中心に行きたいなあ。

椎　いいなあ、それも。超新星に立ち会う。

目　知的生命体がいるはずだから会いたいね。

椎　会って向こうで読んでる本を知りたい。

一同　（爆笑）

木　そういう興味って、沢野君あるか？[*12]

沢　全然ない。

木　そうだよな。

沢　オレはもっと住みやすい所に行きたい。

目　住みやすいって、日常的なことで？

沢　そう、ヨーロッパの洗練された街ね。

12　同級生的意識が濃厚な発言といえる。自分と同じ人間を見つけて精神の安定をはかりたいときに友達を探す心理であろう。

木　うーん、オレと違うなあ。せっかく意見の一致をみたと思ったのに。どうしてそんな所へ行きたいのかね。そんなに遠くに行ったら、馴染《なじ》みの店もないし(笑)。

目　オレも知らない街へ行ってみたい気はあるけど、遠くへ行かなくても知らない街はたくさんあるだろ。たとえば東京でも一度も歩いたことのない街って四十年住んでてもいっぱいある。そういう街を歩くだけですごく面白い。路地をふっと覗《のぞ》くと三輪車があったりして、へえーなんて感動したりするぜ。初めて歩く知らない道っていろいろな発見があって愉しいよ。オレはその程度だな。

椎　お前は安上がりだな(笑)。でも美しい街ってたしかにいいよな。どういうのが美しいかっていうと住んでる人々の表情がいいんだ。朝おきると隣のおかみさんが「おはよう」って声をかけてくる。顔洗ってから外に出ると「いい天気ですね」とか挨拶《あいさつ》したり、見

知らぬ人もすれ違うときに小さく会釈したりして。

沢　東京はダメだけど、地方に行けばそういう街ってまだあるんじゃないか。

椎　前の畑ではイモ洗ってるし、子供はよろこんで走りまわっている。

木　ついでに犬も笑っている。

沢　そうそう。

椎　行きたい所っていうのは人それぞれだし、場所も飲み屋から島までいろいろ分かれるけど、本人がいい気持ちになれる所を求めているんだろうな。目黒が仕事を離れても書店へ行くのは気持ちが安らぐんだろ？

目　うん、オレいまでも時間が許すなら何時間でもいたい。書店にいると心が安らぐからね。

椎　弁当持って行きたいって昔書いてたよな。

木　なるほどね（タメ息）。弁当持って行くの、ふーん。*13

目　それは宇宙の中心や月に行きたいっていうのと同

13　まったく理解できないというタメ息。

じで、ぼくの好奇心なんだ。だって知らない本がいっぱいあるんだぜ、書店には。

沢　ぼくなんて逆に知らない本がありすぎるからいやって思っちゃう。

椎　目黒だって、馴染みの店をたくさん持ってるのは同じだと思うんだ。それが木村と違って飲み屋から書店に変わるだけで。

目　いや、オレも歓迎されなくていいし、盛り上がんなくていい（笑）。書店のオーナーと友達にならなくてもいいよ。

椎　うん、でも書店に行くと心がさわぐだろ？

目　小学生の頃、デパートに行くのが好きだった。おもちゃ売り場じゃなくて、家具売り場とか家庭用品、電気製品の売り場に友達と行く。いろんなものがあるだろ、デパートって。で、へえーすごいなあなんて見てたよ。

椎　オレも子供の頃、よくデパートに行ったたな。何も買わなくても楽しかったね。

沢　うちの子は最近、東急ハンズ[*14]に行くよ。

目　子供にとってああいうところは夢のパラダイスなんだろうね。

椎　どこかへ行きたいっていうのは、そういう好奇心がないとそれ自体思わないよな。

沢　飲み屋にしても、オレたちわりに次々に店を変えるだろ？　あれは他の店が面白そうに見えてくるのかなあ。

木　オレは変えないよ。その店があるかぎり、十年でも二十年でも行ってる。

沢　しょっちゅう行く？

木　いや、それは年に何度かになっちゃうけど。

目　ナワバリが広いから一巡するだけでも大変（笑）。

木　こないだも十年ぶりの店へ行ったんだ。

沢　オーナーいた？

木　いましたねえ。

14　ドゥ・イット・ユアセルフを合言葉にとんかちから便座まで半製品をそろえた風変わりなデパート。渋谷店は、公園通りのほうから入ると一階、井の頭通りから入ると地下一階という異次元空間で、沢野ひとしが最初に訪れたときは迷子になってしまったという。

目　盛り上がった？
木　そりゃもう（笑）。
椎　木村は本質的に酒が好きなんだよ。
沢　オレだって酒が好きだけど、木村の場合は酒よりもオーナーが好きなんじゃないか。
木　それは違う。自分の好きな酒がおいしく飲めるのはどこかなって思うわけだよ。
沢　うちでは飲まない？
木　そりゃ飲むよ。うちも馴染みだから（笑）。

買い物の問題

椎　おれ、買い物ってどうも苦痛なんだ。何を買うんでも好きになれない。

目　着るものを買うのがいちばん嫌だな。きのう渋谷《しぶや》を歩いているときに突然紫色のポロセーターを買おうと思ったんだ。

木　どうして？

目　突然欲しいと思っただけで理由はないの。

木　あ、そうなの。

目　紫ってもいろいろな紫があるだろ。言葉では言いにくいんだけど、ある紫の色が浮かんだわけ。で、その紫のポロセーターが欲しいと思ったのね。ところがデパートに入った途端、洋服がいっぱいある。この中

から探さなけりゃならないのか、と考えただけでくらくらしてきてさ、通りを隔てたところにある書店に入っちゃった(笑)。

沢 買うっていうのはエネルギーを使うから疲れるんだよ。

椎 デパートに行って買うのがいちばん面倒くさくなくていいんだけど、デパートは人が多いだろ。売り子も多いし、客も多い。あれが嫌なんだ。だから誰もいない無人のデパートがあればいいといつも思うよ。*1

目 それで自動販売機で買う(笑)。

木 ぼくも服を買うのがいちばん苦痛だね。売り子がすぐ寄ってくるから。あれは焦るんだよ。スッと近寄ってきて「何をお探しですか」とくる。こっちは、季節の変わり目だし、スーツくらいどうかなとか、そんな程度にしか考えていないんだけど、これで何かに絞らなければならなくなる。

目 それは売り子に問題があるんじゃないよ。洋服の

1 この発言者は自分の都合しか考えていないのである。そういう性格なのである。

買い物が嫌なのは、こっちに明確なものがないからだよ。ただ何となくジャケットを買いに来たとか、今日はセーターが欲しいなあとか、その程度だろ。どういう色のシャツで、どのメーカーのものを探しているのか、何ひとつとして我々の場合はないから。

木　ないね。

目　ないのに、選択肢が多くて、しかも売り子が迫ってくる。だから耐えられない。

木　買うものがはっきり決まっていればいいか？

目　大丈夫だよ。たとえばナショナルの何という冷蔵庫を買うのか決まっていれば、「何をお探しですか」と売り子が来たって、「おうナショナルだぜ」って言えるし、面倒くさくもない。

沢　でもそれ、反論あるな。目黒君とワープロ買いに行ってさ、行く前にこれを買おうな、って決めて行ったのに売り子に説得されて、二人とも違う機種を買っちゃった[*2]（笑）。決めて行ったって、お前ダメじゃな

2　このときに買ったワープロを沢野はいまでも時々使っているが、通常の用途に使用するのではなく、キーボードを叩《たた》いて画面で変換し、漢字を確認するだけの辞書がわりに使っていることは、秘密にしておいてあげたい。

いか。

木　だろ。売り子に負けちゃうんだよ。「これがお似合いです」とか言われると、みんなよく見えちゃう。

椎　おれもあるな（笑）。この前秋葉原《あきはばら》で沢野に会ったとき。

沢　えっ、いつ？

椎　もう七、八年前（笑）。おれが歩いていたら、こいつがふらふら歩いてる。おれ、何も買う気はなかったけど、何か見ていくかって一緒に大きな電器屋に入ったら、目の前にドーンと。

沢　大きなテレビがあった。

椎　でっかい画面なんだ、それが。店員が寄ってきて、これは出たばかりで画面がきっちり四角に隅々まで見えるとか言うんだよ（笑）。

木　またうまいんだよな、ああいう奴の説明は。

椎　そのうちにどうしても買わなきゃいけない気になって（笑）。[*3] おれたちはそういうすぐれた売り子のい

3　この発言者はそのとき、本当にそのままふらふらと、バカでかテレビを買ってしまったというから意外に素直な性格がうかがえるが、それを別の言葉で置き換えると、単純な性格とも言う。

るところに行くと、ふらふらと買わされるから嫌なんじゃないか。

目　向こうの説明がうまいわけじゃなくて、こっちの意志が弱いだけじゃないかなぁ。これが欲しい、ってものがはっきりしていないからだよ。それがあったら、いくら何でも違うものを買わないだろう。

椎　あとは、おれたちに知識がないことだな。服を買うのが嫌だというのも、服に対する知識をもっていないだろ。だから説明を聞くとくらくらしちゃう。

木　これは仕立ては国産ですけど、生地は外国から取り寄せたものです、とかね。

椎　それはすごいよなあ（笑）。

目　書店に行ってもくらくらしないのは、本に対する知識をもっているから、見ないものは見ないですんじゃうんだよね。必要なところだけ見ればいい。ところが、デパートは必要なものとかポイントがわからないから、全部見なくちゃならない（笑）。

沢 それは君たちが専門店を自分で見つけないからじゃないか。ぼくはそんなことない。馴染《なじ》みの専門店に行けば、選んでくれるから悩まないよ。

木 自分のことをわからない奴はデパートよりも専門店に行けと？

沢 でも、ぼくも危険なんだ。買うつもりじゃないのに、専門店に行くと知り合いがいて、「あ、沢野さん、どうですか、いまコートが」なんてさ。そうすると帰れなくなる。

椎 同じじゃねえか。

目 沢野の買い物はすごいよ。意味もなく「目黒、シャツ買いに行こう」とか誘ってくるんだよ、いつも。こっちは忙しいから断ると「お前は冷たい」とか言うだろ、仕方なく付き合うと、同じのを買おうって言うんだよ。

椎 お揃いかよ、気持ち悪いな。

目 だからシャツからスニーカーまで、けっこう同じものを持っている[*4]（笑）。

木　どうして沢野は同じものを買わせるんだ？

沢　同じものを着た人にどっかで会うと恥ずかしいだろ。

目　じゃ買わせるなよ。

沢　違うよ。そういうことに平気になりたいの。だから目黒君にとりあえず同じものを着てもらって……君は嫌がるけど。

木　練習か？

椎　目黒もよくそんなことを甘んじて受けるね（笑）。

目　だって一緒に説明を聞くんだぜ。「そうか、このスニーカーはそんなにいいのか」と思っちゃうよ（笑）。また翌日来るのも面倒だからなあ、とかさ。

木　買い物が嫌な原因は、自分で選ぶのが面倒だからなんだよ、やっぱり。最近じゃ飲み屋に行って酒を頼んだって「何になさいますか」って言うぜ。何とか吟醸とかさ、パーッと書いてあって、そこから選ばなく

4　同じものを買っても、二人とも飽きっぽい性格なので、すぐどこかにしまってそのまま忘れてしまうことが少なくない。したがって、この二人が同じシャツを着てご対面という局面を迎えたことはまだない。

ちゃならない。

沢　椎名なんかそれで「うるせーッ」って怒っちゃう[*5]（笑）。

木　ということは馴染みの店をつくればいい。座っただけでサーッと出てくる。

目　黙って顔を出すだけで、「あ、シャツですね」とか（笑）。

椎　馴染みの店をつくるっていうのは、さっき沢野が言った専門店志向と同じだよな。それも面倒なときはどうすればいいんだ？

目　いま通信販売[*6]が流行《はや》ってるけど、あれは便利だよ。買い物が面倒な人は電話一本でいいんだから。この前たまたま一万円で読書灯がカタログに載っていたから注文したんだ。寝ながら本が読めるっていうやつ。昔からあるけどね。

木　目黒向きではあるね。使ってみた？

目　すぐ電話して送られてきたのを見たら、組み立て

5　これは発言者の想像であり、実際に椎名が怒ったわけではない。もっとも、椎名なら言いそうなことではあるので、事実と言っても間違いにはならない。

6　椎名が通信販売のひそかな愛好者であることは意外に知られていない。

なきゃならない。面倒だなあ、ってそのまま物置にしまっちゃった（笑）。

木　機械ものはよく失敗するな。

沢　たとえば？

木　新製品だと言われて買うわけだよ。広告見ると、すごく新しいことが書かれている。だけど問題は、ぼくらはその前の製品を知らないわけ。

目　ずいぶん前からその機能はあったりする。

木　そうなんだよ。

椎　水中カメラで水深三十メートルまで防水OKというのを買って、それに対抗して水深百メートルまでOKというのが出るとするだろ、すると買っちゃうんだ。ところが人間は百メートル潜れない（笑）。

木　カメラとか時計とか、そういう機械におれたちは弱いね。

椎　機械じゃないけど、おれ刃物が好きで、ソ連[*7]に行ったとき、すごいナタがあったんだ。肉を一撃のもと

7　これは、『シベリア追跡』（一九八七年発行　小学館／現在は集英社文庫）を書く際の取材で訪れたときのことである。

にダーッと切る。もう二度とソ連には来ないだろうし、一つ買ったわけだよ。で、ホテルに帰って部屋で持ってみると、握りもいいし、形もすごくいい。「ああ、じゃこれ野田《のだ》（知佑《ともすけ》）さんにも一つ買っていこう」と思ってまた買った。すると「ああ、中村征夫《なかむらいくお》にも買っていこう」（笑）。結局七つも買っちゃった（笑）。税関で開けられて、何だこれ、って不審な顔で見られたけど。

沢　旅先の買い物って難しいよ。

木　ヘンなものを買っちゃうね。

椎　それでみんなにあげたら、それぞれに複雑な顔してたな。

木　自分の買い物もできないのに、他人のための買い物は無理だよ（笑）。

沢　じゃ、これから買いたいものってある？

椎　おれは動物の言葉の翻訳機があったら買うな。

木　悪いセールスマンに会ったら椎名は買っちゃうね。

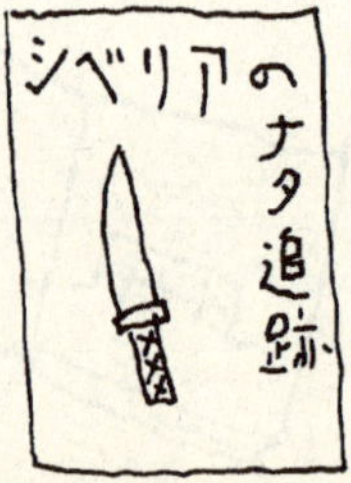

椎　昔、夜店で何でも透けて見えるレントゲン・レンズを売っていたんだ。「見えるんだよ、お兄ちゃん、お兄ちゃん。たとえば卵をこうやってやると中が見えるんだ」ってわけ。卵を透かしてみると本当にボーッと少し見えるような気がする。「万年筆だって中が見えるんだよ」今度は万年筆の中がボーッと。「これを悪用しちゃいけないよ」(笑)。

木　で、買った?

椎　全然見えないんで分解したら、鳥の羽根のようなものが一枚入っていて、何でもボーッと見えるようになっている。卵も万年筆もボーッと二重に見えるから、いかにも内側が見えるような気がするんだな。

目　高校生くらいのとき?

椎　いくら何でも高校生でそんなもの、買わないよ。小学生。

木　お前、どうして買ったの?

椎　そりゃ、「悪用しちゃいけないよ」と言われたら、

悪用しようと思うさ（笑）。

風呂問題を考える

木　理想のお風呂《ふろ》は、やっぱり銭湯だな。

目　どういう理由で理想なの？

木　一人じゃないってところがいいね。湯船が広いから、みんなで入れるだろ。

椎　あ、わかった。馴染みの風呂がいいんだ。風呂屋に行くと「ああ、晋ちゃん」なんて言われるのがいい*1（笑）。

目　常連客同士で「いい湯ですねえ」とか言ったりするのがいいわけだ。

木　うん。それでテレビの大型画面があれば最高だね。

沢　でも晋ちゃんは銭湯は似合わないと思うな。椎名は似合いそうだけど。*2

1　木村晋介はどこの店でも馴染みになるのがとにかく好きなのである。

2　どういうイメージなのかはわからないが、まあ、そう思ったのだろうから仕方がない。

目　でも本人が好きだって言ってるんだから（笑）。
木　お風呂に入る手前の板の間が好きだね。扇風機があったりとかするだろ。風情があるよ。
沢　じゃあ、晋ちゃん、思い切って君んちをそういうふうに改造したら？
目　リビングを広くしないで、家の中に銭湯をつくるのか。
木　で、近所の人に入ってもらう。
目　そういえば、昔は貰《もら》い湯ってけっこうあったよね。
椎　お風呂で、ウーッウーッって唸《うな》る奴がいるだろ。あれ、嫌だな。
木　あれは熱いから唸るんだろ。
目　いや、気持ちがいいからだろ。
椎　どっちにしてもやだね。
沢　どうして唸る人が嫌なの？
椎　だって、うるさいよ。[*3]
木　困ったねえ。じゃあ、そういう風呂で嫌な奴って

3　この発言者は徹底して自分の都合を言っているだけなので、あまり気にせずに読み進めていただきたい。

のを、あげてみようか。

目　お風呂屋さんに来てほしくないタイプ。

椎　銭湯に十人くらい先客がいてさ、それが全員唸っていたら、うるさいぞ。

目　それはわかった。それ以外の客では？

木　隣で本を読んでいたら嫌だな。せっかく話しかけようと思ったのに、いま本を読んでいますから黙っていてください、なんて言われたら頭にくるなあ。

目　そんなの、いないと思うなあ。

椎　やたらと動きまわるのは嫌だね。右に左にせわしなく動く奴がいるんだよ。

木　湯船の中で泳ぐ奴が時々いるな。

椎　あれも嫌だね。

沢　湯船の中でオナラする奴も困る。*4

椎　湯船につかって、相手の顔をじっと見る奴もやだね。*5

目　見なきゃいいじゃん。

4　湯船の中でオナラをしたことがある人の弁。

5　ま、たしかにイヤだろうけど、あまりに特殊すぎる例だと思う。

椎　向こうが見るんだよ。
木　このごろの銭湯はシャワーがついているだろ。そのシャワーで体を洗うときさ、ケツの穴を洗った水がパーッとあたりに飛んでいることに気がつかない奴って、嫌だねえ(笑)。
沢　それ、逮捕したらどのくらいの罪?
木　三年くらいトルコ風呂に入れてやりたいな。
沢　そうそう。サウナ風呂でやたらと我慢する奴がいるだろ。あれもヨクないね。
木　こっちは我慢できないのに、先に入った奴がまだ平気な顔しているんだろ。あれはたしかに嫌だな。素人がちょろちょろしやがって、という顔をしているんだよな。
椎　はいはい![6]
木　なんだよ(笑)。
椎　もういいかげんいいんじゃないかと思うくらい頭の毛を長い間洗っている奴がいるんだ。

6　と手を挙げたが、挙手しなくても発言してかまわないわけで、つまりこれはみんなに注目してもらいたい人の行動と解釈される。

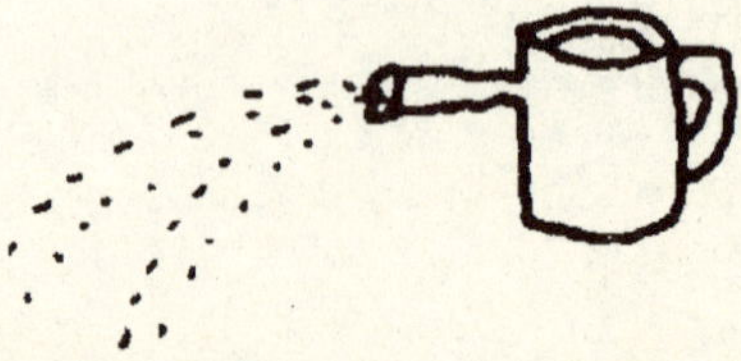

目　そんなの、いいじゃない。迷惑をかけているわけではないんだから。
椎　そうかい？　混んでるんだよ。早くしろって言いたくならない？
目　その水が飛んでくるわけではないんでしょ。
椎　若い奴に多いんだよ。蹴飛《けと》ばしたくなるな。
沢　銭湯にバスタオルを持ってくる奴もいるだろ。
目　えっ、それがどうして嫌なの？
沢　そんなの、持ってくるなよ。ちっこいタオルで拭《ふ》けばいいんだよ。あれは許せないな。
椎　それは許していいような気がするな*7（笑）。
沢　あとね、風呂からあがって、鏡の前でボディビルの真似をする奴。
木　それは困るな*8。
椎　腰に手を当てて、牛乳を飲んでいる奴は？*9（笑）
沢　そのとき、小指を立てているんだろ。
目　それはおれもするな。あれ、不思議に腰に手が行

7　友人だからといって必ずしも好みは一致しない。

8　どうして困るのであろうか。理由が出てこないのでわからない。

9　これもどうしていけないのか、その理由がないままこの議論はどんどん進んでいく。

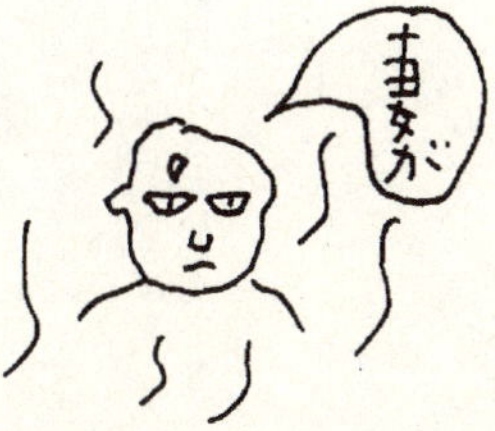

くんだよ。で、鏡に向かっている(笑)。

椎　風呂ってだいたい座って入るだろ。でも、どこだったかな、前に一回入った温泉で、すっごく深くて、立って入るのがあった。お湯が胸まであるんだ。

木　なんだか、それは落ちつかないな。

椎　でも、どーんと深いのって、男らしいぜ*10(笑)。

木　どうして男らしいんだよ。

椎　気持ちよかったな。

沢　じゃあ、椎名んちにつくればいいよ。そういう三メートルくらいの深い風呂。

椎　お湯をためるのが大変じゃんかよ。*11

沢　でも、家の中に温泉があるのは嫌だなあ。

椎　どうして？

沢　だって、だらけるよ。

木　沢野が言っても説得力がない(笑)。

椎　おれ、飲み屋に温泉があったらいい、と思うな。飲む前に入って、飲んだあとにまた入るの。

10　男らしいのを上位にランクさせるのはかまわないが、深い風呂がどうして男らしいのか、その肝心の論理のつながりが不明。

11　たとえ男らしくても、大変なのはイヤだという人の弁。

目　前に週刊誌で見たことあるな。それ、実際にあるよ。
椎　すごくいいよ。
木　どういうところに温泉があればいいかってことで言えば、郵便局に温泉がついているって、どうだ？
椎　いいねえ。ちょっと手紙を出して、ひと風呂浴びて。*12
沢　公衆電話に温泉ってのは？　「いま、おれ、お風呂に入っているんだよ」なんて（笑）。
木　それっきりで会話は続かないと思うな*13（笑）。
目　それに、公衆電話をかけるために裸になんなくちゃならない。
椎　面倒くさいな。
目　あのさ、車を洗う機械があるだろ。あれみたいに、人間が入るだけで全部洗ってくれるのがあったらいいな。
木　全部洗ってくれるのな。石鹸《せっけん》をピーッとかけられ

12　どうしていいのかわからない人が少なくないと思うが、まあ、そういう人たちなのである。
13　おっしゃる通りで。

て、最後にブラシがパーッと出て、ブルブルッて。手前から運ばれて向こうに出ると綺麗《きれい》になっている。

目　おまけに途中で、ヒューッと乾燥してくれる。

椎　三分くらいでやってくれればいいな。

沢　おれ、頭だけをパーッと洗う機械が欲しい。頭を洗うのって面倒くさいだろ。

目　それ、いいね。公衆電話みたいに街中にあって、頭を洗いたいなって思ったら、そこに頭をバッと突っ込めばいい。*14

沢　シャンプーしてリンスまでしてくれる。

目　チンと鳴ったら頭を出す。まあ、さわやか、なんて言われたりして（笑）。

木　言わないって（笑）。

目　街を歩いていると、頭だけボックスに突っ込んでいる奴がいっぱいいるわけよ。みんな、頭を洗っているんだなあって。

椎　お前たち、頭ん中を洗ったほうがいいよ*15（笑）。

14　これもエスカレート議論の典型として受け取られたい。

15　いち早く冷静になった人の弁。

貰って嬉しいもの困るもの

沢　オレ、食い物がいいな。

椎　でもやたらに贈ってもらっても困ることもあるだろ。

沢　どんなもの？

椎　ようするに特殊というか変わったものさ。

目　だから贈るほうも海苔《のり》とか天ぷら油とか無難なものになるんだ。

椎　オレ、海苔は非常に好きなんだよ。お歳暮とかお中元とかいろいろきて、とても食いきれないから人にあげるだろ。でも海苔だけはあげない。海苔は絶対にあげちゃだめだぞっていつも言ってるんだ（笑）。

木　貰って困るのは酒だな。

椎 酒は多いね。
目 でも、どうして？
木 いま肝臓が心配だから。[*1]
目 あ、そういう意味か。
木 うん。
沢 酒って贈りやすいのはどうしてなの？
木 贈ったものの商品の価値がはっきりしてるからじゃないか。
椎 うーん、そうかなあ。
木 どのくらいのグレードのものがきたか、いちばんはっきりするだろう。
椎 オレのところもくるのは酒が多いけど、酒って好みがあるだろ。高けりゃいいってものではない。オレ、安いバーボンのほうが好きなんだよ。そうすると困るわけ。高いから人にあげるのももったいないし（笑）。
目 いらないものがあったら人にあげてほしいね、友人とかさ。

*1 肝障害で一度入院しているからという意味。

沢　オレの家が引っ越したときに椎名が手伝いに来てくれて、帰りにウイスキーを一本あげたよな。[*2]

椎　(笑) 何年前だよ？

沢　十三年前。

木　その頃はウイスキー一本で椎名は引っ越しを手伝いに行ったわけだ。

目　いまは海苔でつれば行くんじゃないか(笑)。

沢　あのさ、生き物なんか贈られたら困るだろうな。

目　生き物？

木　普通はそんなもの、贈らないだろ。

沢　鳥とか豚とか馬なんか困るよね。

椎　捨てられないものなあ。生き物を贈るのは、押しつけがましいよ。

木　贈り物はやっぱり使えばなくなるものにしてほしい。

沢　なくならないものって何？

椎　置き物かなあ。捨てられないし腐らない。それに

*2　貰ったものは忘れてもあげたものは忘れない、という真理をこの発言は余すところなく語っている。

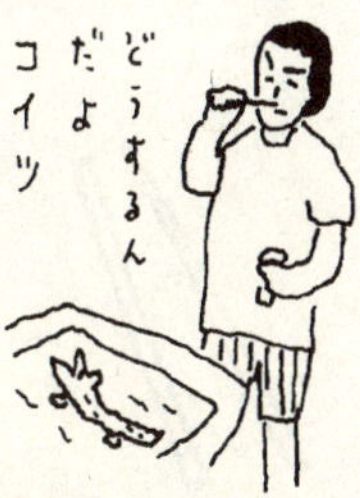

何といっても趣味ってものがあるから。

木　仏像なんか贈られたら困るだろうね。

目　だから好き嫌いがなくて日常的に使えるものがいいんだよ。さらに使えば減っていくもの。

沢　じゃあ、いままでに貰《もら》って困ったものってある？

目　具体的な例ね。

木　オレ、あるよ。

沢　あるの？

木　贈り物は贈る人の個性を出してほしいじゃないか。そういう例で、ある人は毎年ラッキョウを贈ってくれた。これはとても個性があっていいよね。ところがそれがちょっと甘すぎる（笑）。

目　漬け方の味か。

木　うん。だから、ぼくははっきり言うけど、塩加減をもう少し考えてほしい。

椎　それをここではっきり言っておくわけだ。

木　甘さを抑えれば最高のラッキョウだから。

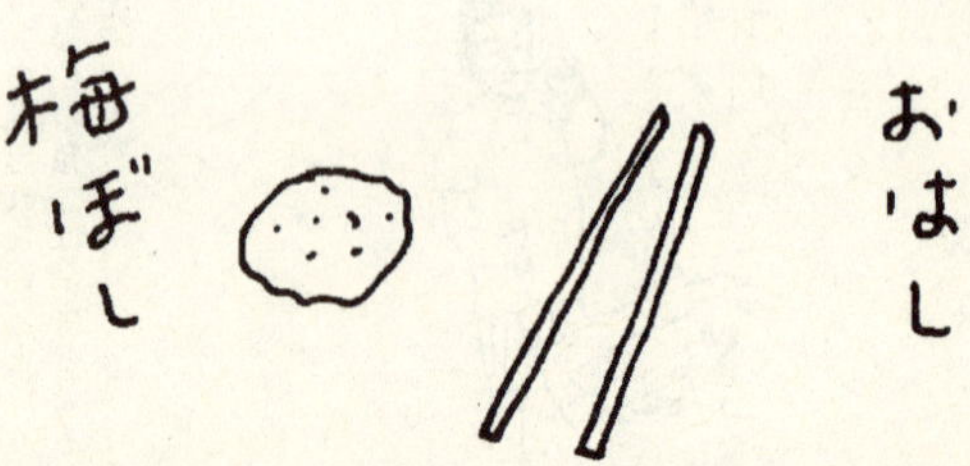

目　あえて、その人にこの座談会を読んでほしいと（笑）。

沢　でも、椎名とか木村はたくさん贈り物がくるだろうけど、オレなんかあまり貰わないから、たまにくると嬉《うれ》しいよ。わーい海苔がきたきた、なんて。普通の人はそんなものだよね。

木　いちばん贈るのは中小企業の経営者だろう。取引先が多いから。

椎　本の雑誌社はお中元とかお歳暮とか贈っているのか。

目　うーん[*3]（笑）。

沢　オレ、桶《おけ》を贈ってくれたら嬉しいな。

椎　桶？

沢　オレんちの風呂《ふろ》桶、傷んでいるから。

目　自分の都合だけを言ってるわけだ（笑）。

木　スノコをつけてくれればもっといい（笑）。

沢　でも桶は欲しいけど、オレんち畳はいらない。

3　本来なら贈らなければいけないのでしょうが、うーむ。

目　それも自分の都合でしょう。

椎　畳をいきなり贈ってくる奴なんていないよ。

沢　布団なんて貰ったら嬉しいだろうな。

目　オレんち布団買ったばかりだから、いらない。

沢　それはお前の都合だろ。オレは一般論[*4]を言ってるの。

目　桶がどうして一般論なのよ。

木　とにかく沢野の家には桶を贈ると喜ばれるし、目黒の家には布団を贈らないでほしいということだろ[*5]（笑）。

椎　話は変わるけど、結婚式の引き出物って困るよな。

木　引き出物はいまや形骸《けいがい》化しているね。

椎　辞書とかだったら気が利いてるけど、お盆とか貰ってもなあ。

目　しかも寿なんて書いてあると捨てにくいし。

沢　旅行券とか映画券のほうが気が利いているよ。

目　オレ、図書券がいい。

4　両方とも自分の都合だけで、もちろん一般論ではない。

5　目黒の質問の答えにはまったくなっていない。

沢　自分の好みを言っていいの？

椎　いいよ（笑）。

沢　じゃあ、オレ、ボトル券。

木　ワイシャツ仕立て券も昔流行《はや》った。あれ、仕立て券じゃなくて、電話一本で洋服屋さんが来てくれたら便利なんだけど。

沢　寄席の券なんてのもあるね。呼ぶと来てくれたりして。

目　そういうのがあるの？

木　一時、凝ったのが流行ったんだよ。お掃除券とか。

目　なに、それ？

木　掃除しに来てくれるのさ。花束券なんてのもあった。

椎　花束券？

木　メッセンジャー・ボーイが真紅のバラを何十本か持って届けに行く。

椎　そういう金券は便利だけど、ちょっと味気ない気

もするな。

目　でも、腐らない、かさばらない、使えば減る、しかも別の人にあげても喜ばれる、つまり再活用できるという四要素が揃っているぜ。

木　それに値段が一目ではっきりわかる。

目　五つも利点がある。

椎　でも、そうしたらお金がいいってことになっちゃうから、やっぱり贈り物で考えよう。[*6]

沢　消火器なんかどう？

椎　いいな、それ。

木　たしかに腐らない(笑)。

目　使えば減るし、幾つあってもいいか。

椎　滅多に自分で買うものでもないし、贈り物としては理想だね(笑)。

沢　切手はどう？

木　腐らないし、かさばらない、それに使えば減るな。

沢　電球はどう？　オレんち、よく切れるんだ。

6　と言っていることに注意。さて結論がどうなっているか。まったく行き当たりばったりであることがよくわかる。

目　そうかあ、電球は滅多に切れないぜ。

木　そうだよ、お前の家、おかしいんじゃないか。電球はそのへんに置いておくとかさばっちゃうし、下手すると使う前に割っちゃったりして。それより、ウォシュレットがいいな。

椎　自分が欲しいものを言うなよ[*7]（笑）。

沢　パジャマは？

椎　使えば減るかよ。

目　腐らないけどね。

木　あともう一つ揃えて、貰って嬉しいもの三点セットにしたいね。

目　消火器と切手と、何か。

椎　よし、じゃあ、その前に貰って困るものの三点セットをまとめようぜ。

木　捨てられないし、人にもあげられないのが仏像。

目　かさばって、しかも余分にあっても嬉しくないのが畳。

7　百四十一ページに見られるように、沢野に対しては欲しい好み（ボトル券）を発言させたのに木村に対して許さないのはおかしい、ボトル券もウォシュレットも大差ないではないか、との意見もあるだろうが、これはその場かぎりの反応であって深い意味は何もない。

椎　あとは生き物か。
木　生き物といっても、いろいろあるから。
沢　ニワトリ（笑）。
木　どうしてニワトリがいちばん困るんだよ。象だってライオンだって困るぜ。
沢　象やライオンが贈られることはないけど、ニワトリならきそうじゃないか。*8
目　そうかなあ（笑）。
椎　よし、困るものは簡単だな。仏像と畳とニワトリ。
木　じゃあ、嬉しいものは？
目　貰って嬉しいものっていうのは、個人の好みがあまりないものだろうね。
木　たしかに消火器に好みはないね（笑）。
椎　製品が均質であることだ。
沢　となると、やっぱりお金じゃないのかなあ。
目　好き嫌いはないし、かさばらない。しかも腐らない（笑）。

8　象やライオンはこないけど、ニワトリはきそうだ、との意見はたしかに一見なるほどなあと思わせるが、よく考えるとニワトリだって、滅多にこないぜ。

木　結論が出たね。貰《もら》って嬉しいのは、消火器と切手とお金。

椎　うーん（笑）。

毎月一のつく日は「沢野の日」だ！

沢 なんとかの日、ってあるでしょ。あれ、勝手に決めていいのかなあ。*1

目 傘の日とか、歯の日とか。

木 あれはきっと登録するところがあるんだろうな。

目 あっ、そうなの？

木 なんとかの日登録受付所みたいなところがあるんだよ。

目 誰でも申請できるの？

木 それなりの審査があるんじゃないかなあ。

目 どんな審査？

木 知らないよ（笑）。たぶんそうじゃないかなってこと。で、認められると手帳とかカレンダーに載せて

1 決めたい人の弁。

もらえる。

沢　おれ、沢野の日をつくりたいなあ。

椎　それは何の記念日なんだ？

沢　電車をタダにしたい。

目　お前だけがタダになるの？

沢　全員がタダ。タクシーも飛行機も全部タダ。

木　なんで、沢野の日は乗り物がタダになるんだ？　何か理由がないとまずいだろ。

沢　いや、おれ、偉いからさ。

椎　何だよ、それ。

沢　乗り物がタダになると、みんなが「沢野さん、偉いわねえ」って言うでしょ。

木　あっ、みんなが乗り物に乗るときに「えっ、今日は金払わなくてもいいのか」「だって今日は沢野の日じゃないか」「そうか、沢野の日っていいなあ」と言われたいわけだ。*2

沢　そうそう。

2　さすがは古い付き合いなので、発言の真意をこのように素早く理解する。

木 それじゃあすまないだろ。飛行機会社の従業員の給料をどうやって払うんだよ。沢野の日はもっと地味なものにしなさい。

沢 あとは、浴衣《ゆかた》の日ってのもあったよねえ。

木 あったよねえじゃなくて（笑）、いまは沢野の日をはっきりさせたいんだよ。

目 あのさ、こういうのは細かいことを言いだすと実現が困難になるから、そういうのは抜きにして記念日を決めるってのはどう？

椎 沢野の日はとにかく乗り物がタダだと。

目 そうそう。

沢 そうすれば、運転手も休めるしね。[*3]

木 休めないよ（笑）。

椎 しようがないなあ（笑）。

目 運転手が休んだら、乗り物が動かない（笑）。

沢 あのね、大晦日《おおみそか》には電車が朝まで動いているでしょ。あれをやりたいの。

3 どうしてこういうふうに考えるのかとても不思議だが、古い付き合いなので誰も驚かない。

木　電車はオールナイトで動いていてほしいと。

椎　しかもタダにしろと。

目　一年中がずっと正月状態がいいんだ。

木　じゃあさ、毎月一のつく日を沢野の日にして、その日は電車は終夜運転。しかも料金はタダにしよう。

木　でもそうなると、電車のシートはあったかいんだよな。冬なんて電車の中で寝る奴が出るね。タダなんだからホテルに泊まるより安いし。

目　沢野の日には寝てはいけないんだ。

木　そうなの？

目　沢野の日には係員が乗り物を巡回していて、寝てると「起きなさい、今日は沢野の日だぞ」って起こされる。*4

沢　飲んだりするのもだめ？

目　飲食も禁止。

沢　携帯電話は？

目　それも禁止だな。

4　こういうエスカレート議論はこの座談会の特徴である。

木 本を読むのもだめ。人と話すのも禁止。沢野の日にはとにかくおとなしく乗り物に乗っていなければならない。

目 しかも一度乗ったら朝まで降りられない（笑）。

椎 イヤだなあ、その日は（笑）。

目 沢野の日には、それを調べてまわる係員が町内から何人も出なくちゃならないから「やだなあ、また沢野の日かよ。朝まで見まわりするのかよ」って言われて、一部では大変に不評なの（笑）。

木 目黒の日はどんな日になるんだろうね。

沢 本を読む。

木 ほお。

沢 読んでるふりはだめ。

椎 本を読んでいるふりをしてると、係員がやってきて質問するね。「君の読んでいる本の内容を言いなさい！　主人公の名前は？」（笑）

目 駅に着くたびに係員が次々に来るから、うるさくて本を読んでいられない（笑）。

沢　目黒の日が終わったときは嬉《うれ》しいだろうね。終了のサイレンが鳴ると、本が町中にばらばら散っていく。

木　椎名の日も決めよう。

椎　みんなが島に行く。

沢　どこの島に行くの？

木　とにかく北海道と本州と四国と九州にいてはいけないと。

椎　それを除いた島に行く。

木　一億何千万人がみんな島に行くんだから、島は大変だよ。

目　民宿は超満員。

沢　五段重ねくらいにしないと寝られないね。

椎　船はばんばん増便して、ピストン輸送する。

沢　乗り遅れた人、早く来なさいって。

目　あちこちに隠れている奴が絶対にいると思うな*5（笑）。

5　隠れたい人の弁。

木　島なんて行きたくねえよと。

椎　山狩りだね。人工衛星で偵察して違反者を発見する。

沢　トマホークとかを打ち込むよねえ。

目　おいおい、殺すなよ（笑）。

木　一人でも残っている奴を見逃すと、村全体がつぶされちゃうんだよな。

目　ちょっと待ってよ、江戸時代じゃないんだから。

木　みんな必死だよ。「うちのおばあちゃん、病気なんです」「病人から先に行け」とかなんとかね。

沢　すごい騒ぎになるね。

椎　でも一日だから。

目　翌日はすぐに帰ってこなければならないの？

椎　帰らなければだめだよ。

目　のんびりしたいから、って島に居つくのはだめ？

椎　居残り禁止。ウンコだっていっぱい増えるんだから、島は迷惑だよ。日本中のウンコが島に行ったら大

変だよ。*6

目　だったら、最初から一億何千万人も移動させないほうがいいと思うけどなあ。

椎　木村の日はどんな日だ？

沢　朝からずっと歌っていなければいけない。テレビも全部歌番組になる。

木　喋《しゃべ》るのも全部歌だね。

目　会話も歌なの？

木　そう。一日中がミュージカルなんだ。

椎　うるせえだろうな、イヤだな、そんな日（笑）。

沢　その木村の日は年に何回くらいあるの？

木　四年に一回だな。

沢　だったら我慢しようか。

椎　目黒の日は？

目　おれの日は年に一回。読書週間の前日あたりだね。

椎　オレの日も大変そうだから三年に一度でいいや。

目　沢野の日は毎月一のつく日だから、三十一日まで

6　大変な問題は他にもたくさんあると思うが、この人はとりあえずウンコ問題を考えたいのである。

ある月は大変だよ。三十一日と一日は、二日連続で沢野の日になる。

木　連休じゃなくて、連沢野の日になる（笑）。

目　おいおい、来月は連沢野の日があるぞってちょっと話題になるよね。

椎　やだなあ（笑）。

あれも欲しいこれも欲しい／飛行機篇

沢　飛行機の中に床屋さんがあればいいなあ。国内線ならだいたい乗ってるのは一時間くらいだろ。ちょうど散髪するのにいい時間だよ。[*1]

木　後ろのほうに理髪コーナーがついている。

沢　あとは、ビリヤードがあればもっといい。

木　飛行機でビリヤードは無理だろ。傾いちゃうんだぞ。考えて喋ってんのか、お前。

沢　水平飛行のときにできるじゃないか。

椎　麻雀やりたいなオレ。三つの航空会社があって、「うちは麻雀台を装備しております」って言ったら、オレは断然そこの会社を選ぶね。

木　でも麻雀は四人いないと無理だろ。

1　一時間でできることは他にもいろいろあるはずだが、そういうことは無視するのである。

目　航空会社にもメンバーさんがいるんだよ。「お一人様歓迎」って。

木　スチュワーデスが麻雀の相手してくれたりするわけか。そうするとスチュワーデスの採用試験に麻雀実技テストができるな。

目　いや、麻雀は弱くてもいいんだよ。お客さんに楽しんでもらえばいいんだから。

沢　ぼくが飛行機に欲しいのは、あと焼き肉屋さんだね。*2

木　焼き肉は無理だろう。

沢　煙をぶわーっと外に出しちゃう。

木　お前、飛行機のジェットエンジンが煙を出していると思ってるだろ。

椎　焼き肉の煙だと思ってる。

沢　船にはあるよね、娯楽室が。どうして飛行機にはないの？

椎　そうか。船にはプールがあるもんなあ。飛行機に

2　個人的な希望を言っているだけで深い意味はない。

もいろいろなものをつくれと。
木　でも飛行機にプールは無理だよ。
目　パチンコがあってもいいよ。なにしろ長時間乗っ
ていると退屈するから。
椎　うるせえだろうな。チンジャラチンジャラって
(笑)。
沢　サウナはあってもいいよね。トイレの横あたりに。
木　プールよりは実現性が高い。
沢　あとはさ、あっちこっちうろうろして、「埼玉県
の人は手を挙げてください」「はーい」とか言って、
友達ができるとか。
椎　できないできない。
沢　寝ていたい人は寝ていればいいけど、騒ぎたい人
もいるはずだよ。
木　意外とないのはカラオケルームなんだよな。[*3]
沢　飛行機の後ろのほうに全部つくろうよ。パチンコ、
サウナ、カラオケ、焼き肉、床屋。

3　カラオケが好きな人の弁。

目 雀荘もね。

椎 だったら、バッティングセンターも欲しいな。

木 そういう設備もいいけど、それより四百人か五百人が一緒に乗ってるわけだろ。それを黙って見ているのはもったいない。うまく活用すれば、かなりの世論調査ができると思うな。

目 ボタンを押させる。

椎 うるせえな、オレは静かに寝ていたいんだよ。

木 じゃあ、バッティングセンターはいらないんだな！

椎 それはつくってほしい（笑）。

沢 みんなでビンゴをやれば楽しいんじゃない？

椎 ビンゴはいいな。

目 バッティングセンターとビンゴはいいの？ なんだかよくわかんないなあ。*4

椎 焼き肉よりビンゴのほうがいいだろ。あとは、落語をやってほしい。

4 そのときの気分で発言しているだけだから、あまり考えないほうがいい。

木　イヤホンで聞くんじゃなくて落語の実演。そうか、じゃあ、スチュワーデスのかわりに落語家を乗せよう。シャンパンを一杯注ぐたびに駄洒落《だじゃれ》を言わなくちゃダメなの。「あなた、どうですか、シャンパーン！」とか。

目　それ、駄洒落なの？[*5]

椎　放っておこう（笑）。

沢　あとは、飛行機の中で携帯電話を自由に使いたいよね。

木　そういうのは計器に障害が生じるからまずいんだよ。

目　あれ、沢野は携帯電話やめたって言ってなかった？[*6]

木　どうしてやめたの？

沢　だってこの十年に三回くらいしかかかってこないもの。

目　かけたのは？

5　一応、確認する人の弁。

6　ここから話は携帯電話に移っていくが、誰も気にしないので話が戻ってくるまで時間がかかるのもこの座談会の特徴である。

沢　二回くらい。それで月に三千円くらい払っているんだろ、あれ。ほとんど使ってないんだから、無駄だよね。

椎　なんで、携帯電話を必要としたの？

沢　車に乗ってるから、もしものことがあったときに、携帯電話があれば便利かなって。

目　ところがその「もしも」のときは全然少なくて二回くらいしかなかったと。

沢　そうそう。

木　車の中からかける回数はもっとあると思ったけど、なかったということだ。

目　ちょっと質問したいんだけど、それは携帯電話を買うときに考えてもわからなかったの？

沢　そう言われると。

目　携帯電話をやめたのは月に幾らだか知らないけど、そのお金が節約になるからっていうこと？

沢　そうだね。

目　君はそれ以外に節約ってしてるの？

沢　靴を買わない、あまり洋服を買わない。家の電源もカシャーンと切る。

木　ブレーカーを落としちゃうのかよ。

沢　テレビなんて元から切る。

木　あれはたしかにスイッチを切っても、まだ電源入っているんだよな。

目　でもそんなのは微々たるものでしょ。

沢　その些細《ささい》なことが積もり積もった場合、どうなるのか！　地球が滅びるんですよ。

木　ちょっと待てよ。お前は地球のために節約してるんじゃないだろ。個人的に金を節約したいだけだろ。

椎　それだけ節約して、お金は残ったのか？

木　それはオレも知りたい。

沢　残るよ。

目　ホントかよ。

木　それは貯金とか、そういう具体的なかたちで残るのか。

沢　いや、心の貯金だね[*7]。

目　何だよそれ。

椎　お前は違うところで無駄遣いしてるだろ。

沢　それが違うの。酒を呑《の》んだり女と遊んだりしてるのは無駄遣いじゃないんだから。

木　なるほどね、でも電気のつけっぱなしは無駄であると。

椎　まあ、こいつは放っておこうか。

沢　それにね、携帯電話がいけないのは、約束がどんどん変わっちゃうんですよ。たとえば来週の何曜日の何時に会うって約束をしてるとするでしょ。で、携帯電話を持ってると、一時間遅れるとか、都合が悪くなったとか、すぐに電話がかかってくるんですよ。なんだか愛が削《そ》がれちゃうんだよ。

木　それは携帯電話のせいじゃなくて、向こうがお前に会いたくないだけだろ（笑）。

7　こういうことを言う奴なのである。

沢　でも携帯電話がなければ、そういうことがないわけだよ。

椎　で、君はいま携帯電話を使っていないの？

沢　人のを借りるね。今日は何時に木村君と会うから、木村君の携帯に電話くれとか言っとくと、向こうからかかってくるから便利だよ。

木　とんでもない奴だな。

沢　あとは人のを借りてかける。そうすると向こうには木村君の番号が表示されるでしょ。で、「何の用ですか」って木村君の携帯に電話がかかってくる。

目　それ、犯罪にならないの？

木　犯罪にはならないけど、えらい迷惑だよ。

目　でもさ、沢野は携帯電話を持ってないなら、飛行機の中で使えなくても関係ないだろ。

沢　だから、他人のを借りてかけるときがあるから。

椎　もういいよ。飛行機の話に戻そうぜ。[*8]

沢　じゃあね、全部畳敷きの飛行機ってどうですか。

8　ここでようやく話を戻す奴が現れる。

畳の上で宴会やったり、ゆっくり和食を食べたりするの。いいよねえ。
木 畳ねえ。
沢 一応、男と女を分けるかな。右が男で左が女。夫婦も分ける。
椎 男女を分ける意味はあるのかよ。
沢 不純な間違いが起きないように注意したいね。
木 その畳敷きには囲炉裏もあるのかい?
目 火はだめでしょ。
木 だって、この飛行機には焼き肉屋まであるんだぜ。囲炉裏くらいいいだろ。
沢 寝ていたい人は寝てね、あとは滝の音もシャーッと聞こえてきたりする。
木 優雅だねえ。
沢 でしょ。おまけに、当社のスチュワーデスは浴衣姿。下着はつけません。
目 何だよそれ。

木　お客さまは手を触れないようにしてくださいって。
沢　畳敷きだからゆっくりできるよお。
椎　でも、後ろのほうには、パチンコとカラオケと雀荘があるんだろ。ゆっくりできるか。
木　しかも焼き肉の煙がいっぱい（笑）。
椎　乗りたくねえな、そんな飛行機（笑）。

なくなったら困るものは何か

目 もし酒がなかったらどうなるかな。
木 居酒屋がなくなる。
椎 いや、あるかもしれないぞ。お茶が出てきて、漬け物の種類がいっぱいあるとか（笑）。
沢 でも朝の五時まではやってないでしょ*1（笑）。
木 お茶飲みながら、不景気がどうのリストラがどうのって（笑）。
沢 そうだよ。お母さんたちの集まりって酒を飲まないのに、お茶だけで楽しそうに話しているものね。お父さんたちもお茶だけで盛り上がるよ。
椎 おれはよく知らないんだけど、昔、歌声喫茶ってあっただろ。あれは酒を飲まないで歌っていたわけだ

1　朝五時までやっている店でいつも飲んでいる人の弁。

よな。

木　ビールくらい飲んでたんじゃないの？

沢　いや、歌声喫茶はみんなコーヒーですよ。

椎　すごいよなあ。

目　でもコーヒー一杯で何時間も粘られたらお店が儲《もう》からないよ。

沢　そのぶんだけコーヒー代が少し高くなっていたんじゃないの。

目　酒がなくなったら、ドラッグが増えるんじゃないか。

椎　禁酒国のことを考えればいいわけだよ。

木　ビールを探すのに苦労した国があったな。

椎　そういうところでは紅茶を飲むね。

目　どうして？

椎　酒がないから、何かを飲みたくなるんだ。

目　椎名なら毎晩ビールを飲むわけだろ。それがなくなったらどうなるの？

椎 原稿がすごい勢いで進むね[*2]（笑）。
目 本当かね。
沢 酒がなくなったら、事件が減るんじゃないの？
椎 酒がからんだ事件って多いもんな。
木 酒がなくても事件はあるけどね。
沢 酒のうえの過ちがなくなる。
椎 単なる過ちになる（笑）。
木 酒がないと困ることって何だろう？
目 乾杯ができない（笑）。
椎 乾杯の挨拶《あいさつ》がないと宴会が始まらない。
沢 忘年会もなくなるの？
椎 みんな、早く家に帰るようになるな。
沢 で、家でお茶を飲む。
椎 おれ、すぐ風呂《ふろ》に入らなくなるかもしれない。
目 どうして？
椎 だって、ビールがないんだろ。だったら風呂は寝る前でいい。

2 これは願望を語っているだけで、多くの場合、願望通りにはならない。

木　ビールがなかったら風呂に入ってもしょうがないもんな。

目　あなたたちはビールを飲むために風呂に入るの？

椎　当然だよ。

木　ゴルフもしなくなるな。

目　なぜ？

木　あれはね、炎天下、ハーフを上がったあとの一杯のビールがうまいからやるんだよ。

目　その楽しみがなくなると。

椎　お歳暮の数が減るな。すると宅配便がなくなる。

木　宅配便はお歳暮だけじゃないんだけどね。

椎　でも、なんでお歳暮にビールを贈るのかな。あんなに重たいものを。

木　ビール券じゃ何となく失礼な感じがするんだろうね。

沢　焼き肉屋もつぶれるな。ビールがなかったら淋《さび》しいよね。

椎　お茶を飲みながら焼き肉ってのもな。

沢　でもさ、お酒がなくなったら夫婦の仲がよくなるよね。

目　そう？

沢　だって、酒が入ると話が長くなるじゃない。*3

椎　それは、お前んちの特殊事情だろ（笑）。

木　酒を飲みながら責められているわけだ。

沢　お父さんが酒飲みで困るっていう子供たちもいるわけでしょ。そういうのがなくなるよ。

椎　夜遅くまで街を歩いている奴がいなくなる。夜の十時くらいで街が静かになるんじゃないか。

目　終電が早くなる。

椎　外にいる理由がなくなるものな。

木　でも酒がないと、まとまる話もまとまらなくなるからな。本音はこのへんでまとめたいと思っても、最初は建前で突っ張っているわけでさ。それが酒が入ることによって、まあまあってことになって商談もうま

3　酒が入ると話が長くなる人の弁。

くいくわけだよ。

椎　酒がないとサラリーマンが愚痴を言えなくなるし。

沢　温泉旅館も酒がなかったら淋しい。

椎　ここで整理しようぜ。酒がなかったらお父さんが早く家に帰ってきて、そうするとお母さんが待っていて……。

木　ビールがないから、風呂は沸かさない（笑）。

椎　風呂かメシかって選択がなくなるから、すぐメシってことになるよな。酒がないならメシも早く終わっちゃうし、それで片付けをしたら……。

沢　すぐ寝ちゃう。

椎　つまんない生活だねえ。

目　本はたくさん読める。

木　テレビも見るか。

沢　お酒がなくなると、栓抜きがいらなくなるね。

目　ジュースの瓶だってあるよ。

沢　そうか。

椎　とっくりメーカーはつぶれるな。

沢　そういえば昔、お酒を量り売りしてた頃って知ってる？

椎　おれ、知ってるよ。二級酒を四合とか買いに行った。

目　ふーん。

沢　目黒君はいつも酒のこと、考えてる？[*4]

目　考えてないよ。

沢　じゃあ、酒がなくてもいい？

目　おれはいいよ。

椎　そんな奴、ヤだな（笑）。

沢　晋ちゃんは？

木　我慢しろって言われれば、我慢できるな。

椎　おれはヤだな。酒がなかったら我慢できない。

目　なくなったら困るものって人によって違うんだから、いいじゃない。酒がなくなったら困る人と特に困らない人がいるんだよ。

4　この直前、酒の量り売りしてた頃を知ってるかと質問した人がすぐこのように話を変えてしまうのも、この座談会の特徴なので、気にせずに読み進めていただきたい。

木　じゃあ、なくなったら困るものをあげていこうよ。その前に禁じ手を決めておかないとダメだけど。
目　禁じ手って？
木　言っちゃいけないもの。たとえば、女房とかさ[*5]（笑）。
椎　そんなこと、誰も言わないよ（笑）。
目　お金とかもいけないわけだ。
木　そうそう。それがなかったら困ることに決まっているものはダメ。空気とかは当たり前だろ。
目　それはわかるんだけど、そこにどうして女房が出てくるのかわからないな（笑）。
木　いやいや、そうしておいたほうが気持ちが楽だよ（笑）。
椎　あとあとな（笑）。
木　本当は言いたかったんだけど禁じ手だったからさあ（笑）。
沢　おれさあ、ウニの入っている木の函《はこ》がいらないね。

5　誰かがそう言わないかなという心理が隠された弁。

椎　直接、皿に盛れと。

木　提灯《ちょうちん》はいらないと思う。

沢　お祭りのときと葬式のときになかったら困るよ。

椎　じゃあ、競馬場はいらない。おれ、競馬はやらないから。

木　そんなこと言うなら、将棋盤はいらない。おれ、将棋はしないから。

目　おれもあんなもの、いらないな。

沢　目黒がそこまで言うならあえて言うけど、*6 おれは小説がいらない（笑）。

木　こうなると言い合いだな（笑）。

椎　自分の生活に関係ないものは全部いらないんだよ。

目　熊が鮭をくわえている置き物もいらない。

沢　木彫りの熊ね。

木　おれ、JRがいらない。

椎　なんで？

沢

6　ここから個人的な希望、事情を言い合うだけの掛け合いが始まっていく。

椎　乗らないから（笑）。
目　そんなこと言うなら、おれ、東上線はいらない（笑）。乗らないもん（笑）。
木　東上線は歯医者に行くときに乗るからおれは必要だな。
目　おれは京王線と小田急線があればいい（笑）。
沢　電話ボックスってもういらないよね。みんな、携帯電話を持っているんだし。
目　おれね、バナナ、いらない。好きじゃないから。
木　そんなこと言ったらキリがないぜ（笑）。
目　時々家に帰るとバナナがあって食べるって聞かれるんだけど、おれはいらないんだよ（笑）。
沢　でも、旅行先でちょっとお腹が空いたときにバナナって食べるよ。
椎　バナナは残ってほしい（笑）。
沢　それを言うなら、茄子《なす》がいらない（笑）。
目　えっ、おいしいじゃん。

木　そうだよ、焼いてもいいし、漬け物にしてもいいし、生でもうまい。
目　茄子は残したい（笑）。
木　西瓜《すいか》は、どうしてもいるかい？
沢　西瓜はいいでしょ。
木　だって場所は取るし。
沢　晋ちゃん、いまね、縞《しま》が残っているのは西瓜とシマウマだけなんだよ。
椎　それが何の関係があるんだ。
沢　文化を感じるよね。
木　かぼちゃはどうかなあ。
目　かぼちゃはいいよ。あっても許すよ。おれが反対するのはバナナだけ（笑）。
木　蕎麦《そば》はなくさないでほしい。
沢　蕎麦なんていらないよお。
椎　何～いっ（笑）。
目　沢野は蕎麦を食べないの？

沢　あっ、間違った。ほうとうだ。甲府に行くと「ほうとう」「ほうとう」って看板があるんだよ。何だろうと思って食べてみたら、うどんに野菜が入っているだけだろ。いらないよ。

椎　おれ、キャバクラ、いらないな。行ったことないし。

沢　箱根駅伝もいらないんじゃないかなあ。

目　でも、箱根駅伝がないと正月が淋《さび》しいよ。

沢　他の山がいっぱいあるんだから、箱根でやらなくてもいいんじゃないの。

目　そうか。駅伝がいらないって言ってるんじゃないんだ。箱根でやるなってことか。でも、どうしてだよ。

沢　何となく。

木　こんなのに、深い理由なんてないんだよ*7（笑）。

沢　携帯電話のストラップっていらないよね。なんであんなもの、付けるんだ？

椎　あれはいらないな。ふざけるんじゃないよな。

7　そりゃそうだ。

木　他人の携帯電話と区別するために付けるんだよ。
目　あ、そうなの？
椎　じゃあ、携帯電話に名前を書けばいいじゃんかよ。
木　似たような機種があるから、ぱっと置いたときにまぎらわしいだろ。そのときにストラップで見分けるわけ。
椎　じゃあ、百歩譲ろう（笑）。
目　譲るのが早いね（笑）。
椎　ストラップ以外のところでは見分けられないのか？
木　だからおれはいま、お守りを付けてるよ。
椎　それも何だかなあ。
沢　そんなこと言うなら、ボールペンにも眼鏡にもストラップを付けろって言うんだよ。
椎　おれさ、旅館の朝飯についてくる湯豆腐はいらないと思うな。
沢　湯豆腐ねえ。

椎　豆腐が二切れしか入ってないんだぞ。それを鍋《なべ》にわざわざ火つけて、そこまでして食いたくないよ。

沢　別にこっちが頼んでいるわけではないんだよね。

木　あのな、普通の人は朝から食欲はないんだよ。だから豆腐なんかはたんぱく質が豊富だし、旅館の人は食べさせたいわけ。

椎　でもな、豆腐がたくさん入っていればいいけど、たったの二切れなんだぞ。

木　椎名、それは湯豆腐がいるかいらないかって話じゃなくて、豆腐が少ないっていう話だろ（笑）。

椎　そうか*8（笑）。

沢　でもさ、旅館のちまちました懐石ふうの料理って、おれはもういいな。土鍋がど～んと一つあれば、それでいいよ。

木　一度、うちの忘年会で、カニを山ほど焼いてもらって、あとは鍋だけで何にもなしってスタイルでやったことがあるけど、あれは面白かったな。

8　豆腐は二切れではなく、もっと出せ、という自分の隠れた願望に、ここで本人がようやく気づく。

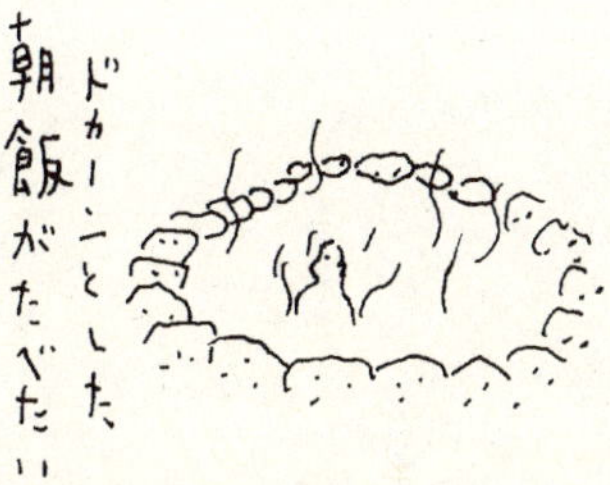

沢　晋ちゃん、それは自慢しているの？（笑）
椎　わかった。おれは沢野がいらない（笑）。
目　オチがついちゃったね。

共通の遊び場

木村晋介

四人座談会の座談者、椎名、沢野、目黒、木村とくれば、読者の人は、いつも仲良く遊んでいる4人組なんだろうなと思うかもしれない。

ところが、こりゃとんでもない間違いなんだね。そりゃ、つきあいは古いですよ。なじみです。20代、30代のころは、確かに、椎名率いる怪しい探検隊の幹部隊員として、日本各地の離れ小島に行って、バカ騒ぎをやりました。そりゃあねぇ、パソコンで「SIINA」と打つと、「恣意《しい》な」とか「強いな」とか出てくるぐらいだから、椎名がアッチ行くぞぉっていやぁアッチへ行くし、コッチ行くぞぉっていやぁコッチ行きましたよ。

だけど、これは体力勝負だからねぇ。40代までは、ちょっと続かなかった。で、この20年ていうことになると、この4人は、ほとんどなぁんにも一緒に遊んでないんだよね。だってしょうがない。この4人には、共通する趣味ってモノがないんだから。

4人となると、一緒にやるのに一番向いてる遊びといえば、マージャンだろうな。マージャンとくれば、目黒だ。この人が一番うれしいのは、本を読みながらバクチがやれる方法が発見されることだからね。椎名も木村もマージャンは打つ。だけど、沢野は使い物にならない。こういう、ルールのあるものは無理。トランプの七並べだってダメなんだから。

沢野の得意といえば、ルールは要らないオネーチャンのほうなんだけど、こりゃそもそも、一緒に遊ぶもんじゃない。ちょっと他の3人がついていけないんだなぁ。

カラオケとなると、木村の独壇場で、あとの3人はどっちかっていうと、静かに酒飲みたいほう。屋外で焚《た》き火がないと、椎名も歌系にはついていこれないね。

雑魚《ざこ》釣りとなれば椎名だけど、あとの3人は、お魚は、魚屋で買えばいいという口だから、まぁ誠ちゃんガンバってなぁって感じだなぁ。

というわけで、唯一4人にとって、40代以降の共通の遊びごととして与えられたのが、この四人座談会だったんだね。古い仲間内の話なんだから、なんか共通の話題が出たりして、スムースな流れでいきそうなモンなんだけど、さにあらずだ。よく読んでみると見事にかみ合ってない。普通、なじみの店に行けば、向こうもコッチの好みをよく知っていて、黙っていても旨《うま》いモンが出てくる。だから、縄張り志向の高いことでは人後に落ちない木村は、なじみの店、なじみの旅先宿を作るのに苦労に苦労を重ねている。

その木村にとって、沢野は50年、椎名は45年、目黒は40年のなじみだよ。それなのに、黙っていても、コッチの好みで、すっと旨いモンが出てきていいはずだ。せっかく、何でここまで、この座談会はかみ合わないまま、大混乱を続けるのか。

唯一の4人の共通の遊び場なのにだよ。ホンと、読者に申し訳ないよ。

どんな「長」がいいか？

目　長のつく職業ってあるだろ。

沢　何？

目　園長とか駅長とか。あと、何があるんだ？

椎　編集長。

木　コック長、区長。

目　課長。

沢　いちばんエラいのは社長でしょ。

椎　会長のほうがエラいよ。

目　理事長ってのもあるな。

木　最高裁長官は？

目　最後が「長」じゃないから、ダメ。

椎　裁判長ならいい。

沢　で、それがどうしたの？
目　それぞれにはどんな「長」がいいかなって思ったのさ。
椎　じゃあ、おれは断然、船長がいいな。
木　椎名の船長はいいね。
椎　船の上にいるときは何をしてもいいんだろ。
目　何するわけ？
椎　船長が法律だもんな。
目　だから、何するの？
椎　わかんないけど。進めーとか止まれーとか（笑）。
みんなに共通するのは家長だな。
沢　おれ、なれるかなあ*1（笑）。
木　建前上はな（笑）。
椎　長がつくと責任がついてくるから、それがイヤだなあ。
目　長がついて責任がないものってあるか？
沢　番長は？

1　何となくやばいなあと不安に考えている人の弁。

椎　おお、あれは責任ないよ。

木　あるだろ。

目　子分の面倒を見なくちゃいけないでしょ。子分がどこかで喧嘩《けんか》してたら、自分はやりたくなくても仕返しに行ったりとかさ、けっこう大変だよ。

沢　コック長も責任あるよね。

木　責任のない長はないよ。

椎　級長って綺麗《きれい》だよな。

沢　どうしてみんな、社長とか部長になりたがるのかな。

椎　サラリーマンの頂点だからな。

木　支店長ってのもある。

沢　それ、責任なさそうだね。*2

目　あるよ。

椎　工場長は辛そうだ。いろんな責任があるぜ。

目　だから、長がついたらどんなものでも責任があるって。

*2　漠然とそう考えているだけで、深い意味はもちろんない。

沢　じゃあ、ぼくたちには向かないんじゃないの。
目　それを考えよう。
椎　病院の院長も大変そうだな。
木　町長は？
椎　くたびれるだけで見返りがなさそうだな。
目　駅長は？
椎　やりたくないな。
沢　おれ、やってみたい。何か楽しそうだし。
椎　お前、楽な仕事じゃないよ。細かいことがいっぱい起きるんだから。
目　駅長って何をするの？
椎　いろんなトラブルを処理するんだよ。
目　どんなトラブル？
椎　電車が来ないとか。
目　それだけ？
椎　そんなもんだろ。*3
目　本当かよ。しょっちゅう電車が来なかったら大変

3　この発言者が沢野の友人であることをつい忘れてしまうが、こういうときにはっと思い出すのである。

だぜ。

木 目黒は図書館長がいいよ。

椎 それはいいな。

沢 図書館長って何をするの？

木 弁護士会の図書館の館長って弁護士会の役員経験者が順繰りになっていくんだけど、弁護士が本を出すと「その本を寄贈してください」って連絡がくるんだよ。で、寄贈すると「素晴らしい本をありがとうございました。特に、この本の、消費者のみなさんにわかりやすく問題を解決するところが素晴らしいと思います。今回の改訂版では、こういう部分が書き直されたのでますます役立つでしょう、ありがとうございました」って館長が感謝状を送ってくる。

椎 それが館長の仕事？

木 じゃないかなあ。

目 やだなあ、そんなの。

木 一応、本は読めるぜ。

目　だって読みたくない本を読まなければならないんだよ。
椎　わかった。おれ、看守長がいいや。
木　刑務所の？
目　看守長になって何がしたいわけ？
椎　毎日イバルんだよ*4（笑）。
目　とんでもない奴だね（笑）。
木　文句言うと飯あげねえぞ、とか言うわけね（笑）。
椎　こっちがどんなにイバっても相手は縛られているんだからね。
木　縛られてないって。古代ギリシアじゃないんだから（笑）。
椎　今日は機嫌がいいから話を聞いてあげようかとか、鳩が飛んでるだろ、やつらは自由だなあとか言うんだよ（笑）。
目　イヤな看守だね（笑）。
椎　だけど、お前らは出られないぞ（笑）。

4
イバりたい人の弁。

木　沢野が看守長だったらどうする？
沢　ぼくは逃がしてあげる。
目　それも困るね。
椎　晋ちゃんは座長がいいよ。
木　あ、いいね。
椎　旅から旅を行く一座の座長。毎晩、お酒も飲めるし。
目　ということは、椎名は看守長で、木村が座長で。
椎　目黒は図書館長。
木　沢野は何だ？
椎　沢野がいちばん難しい。
木　どこかに就職させないとな。
目　寮長ってのは？
沢　あっ、いいね。全然責任なさそうだし。*5
木　それなりに責任はあるだろ。
沢　寮長って何をするの？
椎　門限を厳しくチェックするんだな。

5　責任のないのが好きなのである。しかし、ないぞ、そんなの。

沢　おれ、門限には厳しいよぉ。二回破ったら退寮。

椎　お前、向いてるよ。

木　自分に甘く、他人に厳しく、な（笑）。

コタツとストーブ、どっちがエライか

沢 オレ、コタツ派だな。コタツはね、一家の中心なんですよ。おじいちゃんがいて、おばあちゃんがいて、みんなが足を突っ込めるわけ。若い二人だったら足をからませたりもする。[*1]

目 ストーブではそんなことはできない。

木 からませたらすぐばれちゃう。

椎 お前、それでコタツ派なんじゃないか。

沢 夏でもコタツの布団を取ればテーブルになる。お昼寝はできるし、あんなにいいものはないよ。

木 最近のコタツは掘りゴタツでも夏になると畳を敷けるというやつがあるね。

沢 でもあんまり深い掘りゴタツは不安になるね。子

1 すべての男女が足をからませているわけではあるまい。見えないところで怪しいことをしているのではないか、という疑いの心が発言者にあるのである。

供の頃は向こう側まで足が届かなくて、寝てると落っこちちゃったりして。

目　オレの家、居間には掘りゴタツだったけど台所にはストーブだったよ。

木　それは普通だよ。逆だったらおかしいよ。

目　そうか。

椎　ストーブでは餅《もち》が焼けるけどコタツでは焼けない、って誰かが言ってた。

目　中学生の頃、よく学校のストーブで弁当をあたためただろ。これがすぐホカホカになるんだ。コタツじゃあたためるのに時間がかかるでしょう。

木　キミはストーブ派なのね（笑）。

沢　でも、コタツの中には猫が入れるけど、ストーブの中には入れないぜ（笑）。

目　コタツは炭とか煉炭《れんたん》とかを中に入れるよね。

木　ちょっと待ってよ。いま言ってるコタツって昔のコタツのことなの？

椎　そうだよ。昔あったコタツとストーブの比較なの、[*2]今日は。

目　でね、コタツは炭関係中心であまり他のものは燃やせないでしょう。でもストーブは紙でも木でも何でも燃やせる。コタツで紙を燃やしたら大変だよ。火事になっちゃう。

木　目黒のストーブはダルマストーブなんだ。

沢　そんなの、あったの？

目　うん。オレの家、印刷屋だったから、いらなくなった紙がたくさんある。インクがついてるから、それがよく燃えるんだ。いつも焚《た》きつけにしていた。

沢　そういえば、中学生のときは学校にダルマストーブがあって、晋ちゃんとオレで教室の天井をくり抜いて石炭を隠してたことがあったな。そしたらバアーンと天井が抜けて、落っこちてきちゃった。そういうこと、ストーブじゃできないだろ。[*3]

木　お前、勘違いしているんじゃないか。ストーブだ

2　こうして途中からテーマが徐々に明確になっていくことがこの座談会では多い。

3　これは話を面白くしようというサービス精神ではなく、自分がどちらの味方をしているのか、本当にさっぱり忘れているのだ。

からできたんだよ。

沢　あ、そうか。

目　教室でコタツだったら面白いね。みんな四人ずつ座ってる。

木　教室でコタツじゃ、寝ちゃう奴いるんじゃないか。

目　そうだよ、コタツのいけないところは、すぐ寝ちゃうんだ。

沢　うとうと眠れるなんていいじゃないか。

目　でも授業で寝ちゃ困るだろう。

椎　東海林《しょうじ》さだおさんが書いていたね。コタツがひっくり返っているのを見ると、赤いのがチロチロして、あられもない想像をするって（笑）。

沢　赤いのがチロチロするって何なの？

椎　赤外線ゴタツだから。

沢　炭を入れてあたためる昔のコタツじゃなくて。最近のコタツの話なんだ。

椎　そう。で、赤外線ゴタツがひっくり返っていると、

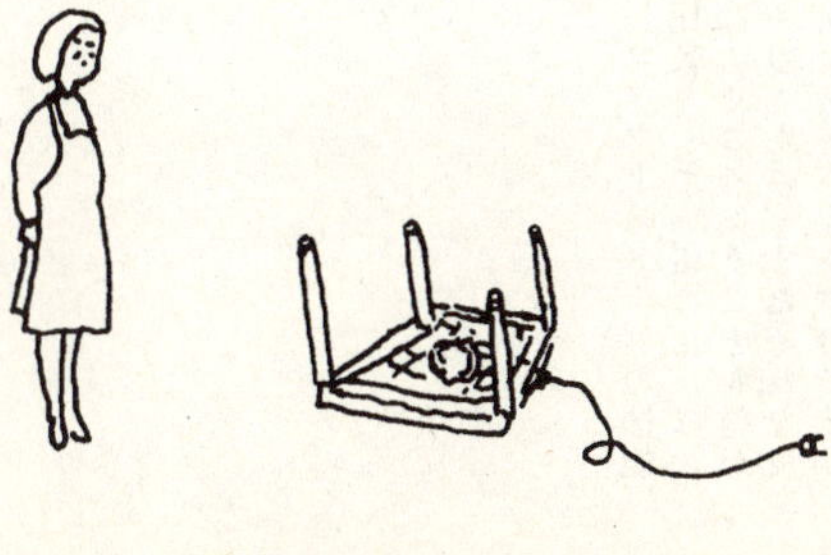

つい想像するという話。
木 脚を上にあげて。
椎 そう、何かいやらしい(笑)。
目 ストーブをひっくり返してもそういうなまめかしさはない。
椎 すすが出るだけ(笑)。
沢 若い二人がコタツに入っていて、パッと取ると何かあるけど、ストーブじゃパッと取られても何もない。
木 何の話なんだよ(笑)。
目 コタツよりストーブがエラい理由はね、コタツでお湯は沸かせないけど、ストーブはやかんがかけられる。
沢 でもコタツは歩けそうだぜ。*4
目 どうして歩けるんだよ(笑)。
沢 四本脚があるから、何となく歩けそうじゃないか。
椎 ストーブは転がっていくしかない。
沢 コタツは困ることがある。

4 コタツとストーブの機能の比較をしているのに、この人はすぐこういうことを言いだすのである。またそれを受けてエスカレートさせる人がいるから話がどんどん脱線していく。

目 何？
沢 足を伸ばせないから、ピシッとしたスーツを着ているときはズボンの線が崩れちゃって哀しくなる。
椎 その点では、ストーブのほうがエライ（笑）。
木 でも掘りゴタツならその心配もないぜ。
沢 そうか、コタツだってエラいじゃないか（笑）。
木 小学生の頃、雪が降ってくると雪を固めてストーブの上にのっけなかった？
椎 ジューっていうのな。
沢 よくやったな。あれはストーブじゃなければできない。コタツの負けーッ[*5]（笑）。
木 お前、コタツ派だろ（笑）。
椎 それから雑巾《ぞうきん》をストーブのまわりに干す。
沢 濡《ぬ》らしてね。ジューッと。
木 クレヨン突っ込むと、すごくヘンなにおいがしてな（笑）。
沢 コショウもすごい（笑）。

5 自分が味方しているほうをすぐ忘れるのは、どこに問題があるのであろうか。

目　ストーブのほうが楽しそうじゃないの（笑）。

沢　いや、やっぱりコタツがいいんだよ（笑）。コタツの中にはいろんなものが落ちているでしょう。トランプの一枚とか、十円玉とか、時々覗《のぞ》いてみると楽しいんだよ。でも答案用紙が出てきて「お前はやっぱりだめだな」とか言われたりしちゃってなあ。

木　お前の家、いろんなものが落ちているんだな（笑）。

目　整理整頓《せいとん》ができない家なんじゃないか（笑）。

沢　でもコタツにはそういう発見の楽しさがある。

木　ストーブだと全部燃えちゃうから、そういう発見はない。

沢　夏なんかコタツを飛び込み台にして遊んだりしてな。

椎　お前のとこだけだよ、そんなことするの（笑）。

木　ただコタツの場合、テレビを見るとき、座る場所によって首が痛くなるんだよ。しょうがないから寝っ

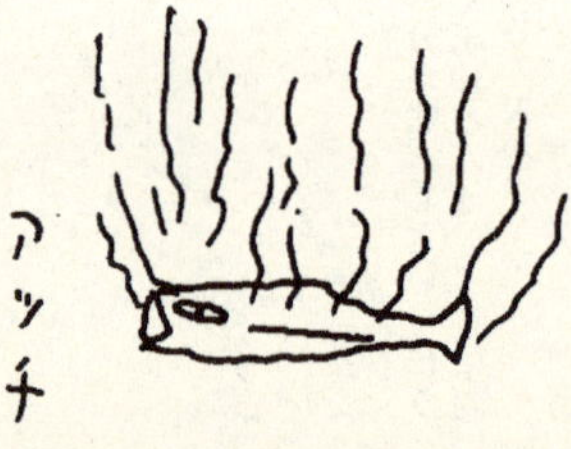

転がって、よく見たな。

椎　いいね、《いつもテレビは逆様だった》[*6]（笑）。

木　コタツが少なくなったのは、テレビのせいだね。ラジオの頃はコタツでもよかったけど、テレビが家庭に入ってくると、コタツは不便なんだよ。後ろ向きの奴が必ず出てくるから。

沢　コタツがあった頃って親とよく話をしたな。

目　コタツは家に一つしかなかったから、家族はそこに集まってくるしかなかったんじゃないか。

木　いまみたいにセントラルヒーティングになって、各部屋に暖房があると集まる必要がない。

沢　だからいまコタツがない家は不幸なんだよ（笑）。

木　お前の家、あるの？

沢　あるよぉ。

木　ないのかと思った[*7]（笑）。

6　雑談の中からも小説の題名を探そうとしているのは小説家の宿命なのであろうか。

7　コメント不能。

もし電話がなかったら…

椎　電話がなかったら、どうなっているか。
目　そうだね、間違いなく言えるのは飛脚制度が発達する。
木　いいねえ、飛脚制度。
椎　会社にも人事部、経理部とかと並んで飛脚部ができる。
沢　すると足の速い奴が重宝されるね。
目　地図に詳しい奴も飛脚部では出世する。近道に詳しい奴ね。
椎　千人ぐらいの会社だったら、飛脚部は三百人ぐら*1い必要だろうな。
木　うん、情報の伝達がとどこおったら大変だから、

1　なぜ三百人必要なのか根拠は何もない。こういう数字は発言者のその場の気分で決められる、というのが「発作的座談会」に共通することで、これもその一つ。だって社員の三分の一が飛脚部員なんて会社は想像しづらい。もっとも飛脚部員そのものが想像しづらい、との意見もあるが。

これはかなり重要な部署だよ。

椎　エリートだね、飛脚部に配属されるのは（笑）。

木　今度の課長は都内二十三区のプロらしいとかな（笑）。

沢　足が速いだけじゃなくて、感じのいい飛脚もいい。「ごめんくださあい」なんて笑顔の素敵な女性飛脚が来たら嬉《うれ》しいものね。

椎　いたずら飛脚、なんてのも現れる。

目　何よ、それ？

椎　だから、無言のいたずら電話みたいに、来ても黙ってる奴[*2]（笑）。

目　何も書いてない紙を差し出して、じーっとしてるのね。

椎　またかよ、お前、今日三回目だろ、なんて（笑）。

木　よそに行っておくれ、なんてな（笑）。

沢　小さな会社は自社で部をつくるより専門の会社に頼もう、ってことにならないか。

2　高校時代の同級生だけあって、この人の発想には時折、沢野ひとしに近いものを見ることができる。これはその典型だろう。

目　うん、これは飛脚請負会社ができる。

木　わんさかできて、競争もはげしい。

目　うちは東京・大阪間を八時間で届けます。とかね。

木　そうなると着払いの飛脚が大変だよ。せっかく行っても払ってくれなかったら損だから、まず先に飛脚を出して、着払いでもいいですかと確認をとらなければいけない。

椎　着払いでもいいよ、って言われたら、また帰ってくるわけだ。

目　そう。ダメだったら先方に伝えて、着払いはダメらしいですって。そうすると、じゃこれ出さなくていいや、なんて言われたり（笑）。

椎　会社の中にも社内飛脚がいるんだよな。

木　内線だ（笑）。

沢　郵便もないの？

椎　郵便はある。

沢　じゃあ飛脚に頼まなくても手紙出せばいいことに

ならないか。

目　そう言われてみれば、そうだよ(笑)。

椎　郵便は官製だから民間の飛脚会社のほうが速いんだよ。

木　いや郵便制度はないほうがいい。電話もなく郵便制度もなし。だから飛脚制度が発達する。

椎　どういうわけか郵便システムが発達しなかった。*3

沢　うん、そのほうがいいな。

木　公衆電話のかわりに道に公衆飛脚が立っているってのはどお？

目　いいねえ、個人はそういう公衆飛脚を利用する。代金と手紙を渡す。

木　わかった、そうすると伝書鳩システムが発達するね。

目　人間が運ぶより速い。

あとは犬を訓練する会社が出てくる。「速いんですよお、うちの犬は」なんて血統書を見せたりして

3　こういう決めつけは得意とするところである。この話の展開から当然次は「もぐりポン引き」構造になると思われるところだが、はたしてこの回はどうなるか。

（笑）。

木　なるほど遠隔地は鳩を飛ばして、近くは犬を利用する。

目　ドアを開けると、犬が紙きれを首にぶらさげていて、「ワン」なんて（笑）。

椎　街中を犬がワンワン走りまわっている。

目　空には鳩がどんどん飛んでいて、犬も走りまわって、その間を縫って人間が走ってる（笑）。

木　「このごろは通信網が発達してきたなあ」なんてね（笑）。

目　そのうち、ピューマ[*4]を輸入する会社も現れるね。「うちはピューマ便ですからねえ、とにかく速いですよお」（笑）

木　おばあちゃんが「おやピューマかい、このごろは高速通信網も発達してきたねえ、長生きはするもんだ」なんて。

目　宿場が発達するね。途中で休まなければならない

4　動物でいちばん足が速い例として頭に浮かんだのがピューマなのであろう。もちろん、ピューマがいちばん速いわけではない。

から。

椎　飛脚用のファースト・フード店が街道沿いにできる。

木　人間と犬とピューマが仲良く休む。

目　休憩所ね。

木　犬やピューマや鳩は速いけど、やっぱり人間が運ぶほうが安全なんだよな。

椎　そう、書留は人間の飛脚にかぎる（笑）。

木　速達はピューマ便にするけど、ただし、これはどこへ行くかわからない（笑）。

沢　じゃあ、速達の書留はどうするんだ？

木　そりゃ、ピューマに人間が乗っていくしかない（笑）。

沢　ちょっと待って、これ、車はあるの？[*5]

椎　車はある。

目　じゃあ車に乗っていけばいいってことになる。人間が走ることないよ。

5　こういうとき、ふと冷静になって鋭い疑問を投げるのも、この発言者の特徴である。

木 うん、ここは車もないことにしよう。

目 そうじゃないとたしかにおかしいよ。

木 よし、車も電車もない。

目 交通機関が発達しなかったというわけだ。

木 そう、でもビルがばんばん建って現代みたいになってる。

目 でも、電話も郵便制度もなくて、交通機関もない社会がそんなに発達するかい？

椎 しちゃったんだよ（笑）。

木 文句を言ったって、しちゃったものはしょうがない。

目 ビルの建設資材を運ぶだけでも大変だよ。おまけに電話もないんだから、こんなの注文してないとか、飛脚を何度も往復させて完成するまで何十年もたっちゃうぜ。

椎 ピラミッドを見ろ[*6]（笑）。

木 説得力あるねえ（笑）。

6 力強いものを出して脅したい、という発言者の真意がうかがえるが、次の木村晋介の発言を見るとその通りの結果となっている。説得力があるのは「ピラミッド」の例なのではなく、あくまでも椎名の語調の強さなのである。

沢　電話がないと、代書屋が流行《はや》るんじゃないか。
木　手紙を代筆してもらう。
沢　オレみたいに字を知らない奴は頼まなくちゃダメだものな。
木　あとは御用聞きシステムが復活する。
目　電話で注文できないから、向こうのほうから注文を取りに来るわけだ。
椎　昔はそうだったんだからな。
木　ソバ屋にとことこ歩いていって「かけそば二つ」なんて言ってたものな。
沢　電話がないということは、留守番電話もないんだよね。
木　そりゃそうだろうねえ。
沢　そうすると居留守が使えないから困るなあ。*7
木　飛脚がドンドン叩《たた》いても、出なけりゃいいんじゃないか。
沢　でも犬が来るんだろ（笑）。隠れていてもバレち

7　この人が留守番電話を居留守のために使っていることがはからずも露呈されている。

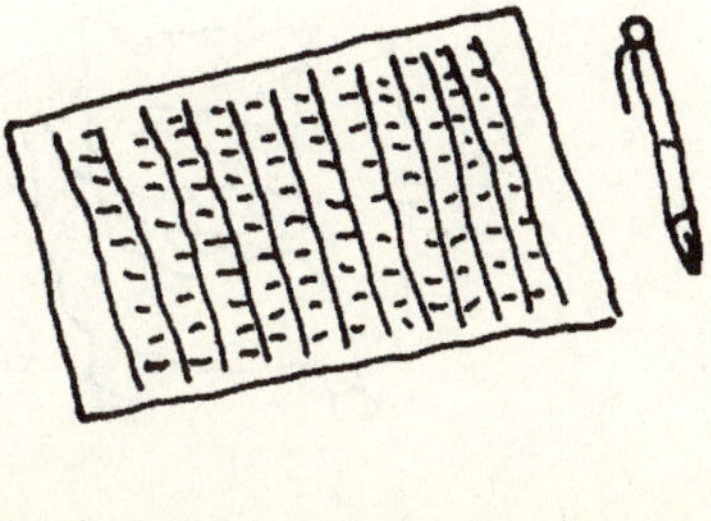

ゃうような気がする。

木　いないふりしてもわかってるんだよって、ウーウーなんて吠《ほ》えたりしてね。

沢　居留守じゃなくても、留守番電話は誰もいないときに応答してくれるだろう。でも電話がないと、誰か家にいないと困るね。

目　だからね、こっちの家にも犬がいるんだよ。「いませんよ、ウーウー」なんて応答するわけ（笑）。

椎　犬同士でやってるのか、ウーウーって。しかしつくづくバカだねえ（笑）。

買って失敗したもの…

目　しかし、それはないよなあ。

木　どうしたの？

目　聞いてくれる？　おれね、時計を買ったんだよ。椎名が持ってる時計が前から欲しいと思っていて、それが通信販売で出ていたから注文したんだ。目覚ましがついているし、便利だぜって言うからさ。そしたら、いま頃になって、その時計が三時間は遅れるって言うんだ。自分のは直したんだって。それはないよね。

木　いまどき三時間も遅れる時計なんてあるかあ。

椎　あるんだよ。手巻き時計だからね。でも、遅れるなんていまどき可愛いだろ（笑）。

目　十万円もしたんだぜ。

沢　実はおれもその時計を持っているんだけどさ。

木　何だよお前ら、みんな同じ時計を持っているのか。[*1]

沢　聞いてよ晋ちゃん。あるときに、その時計とそっくりの偽物があったの。そっちは一万二千円なんだよ。いましているのがそれ。こっちは正確なんだよなあ(笑)。

木　いまどき正確じゃない時計を買うのって難しいぞ。

椎　だろ。カッコいいんだよ。キャンプのときなんか、目覚まし機能がついているから便利だし。

目　おれも目覚ましがついているなら便利だなと思って買ったんだけど。

木　でもな、君たちは携帯電話を持っているんだから、目覚まし機能はついているだろ。

椎　何?　携帯電話に目覚ましがついているのか![*2]

木　当たり前じゃないの。

目　えっ![*3]

椎　知らないよそんなこと。

1　沢野と目黒はこの時計の他に、カメラも椎名と同じものを買った。この二人は椎名に自慢されると我慢できない性格的な欠陥があると一部で噂されている。

2　驚愕《きょうがく》した人の弁。

3　もっと驚愕した人の感嘆の声。

目　おれも初めて聞いた。ぼくのにもある？
木　そりゃあついているだろ。
目　本当かよ。
木　寝てるときまで電池を使うのはもったいないから、深夜一時になると自動的に電源が切れるし。
目　えっ！＊4
木　朝の七時になると自動的に電源が入る。
目　それ、最新式の携帯電話？
木　何年も前からそうだよ。
目　沢野のもそう？
沢　さあ。＊5
椎　目黒は時計を買って失敗したって言うんだけど、そういう買い物の失敗って他にないか。
目　おれはいっぱいあるよ。
沢　言ってごらん。
目　ワープロで原稿打っても、わざわざプリントアウトして、それからＦＡＸで送るのって面倒くさいだろ。

4　あまり驚いたので、言葉も出てこない。

5　最初から理解するのを諦《あきら》めている人の弁。

そしたら、オプションの機械を買ってワープロとFAXをつなぐと、そのまま原稿が送れるって言うんだよ。つまりプリントアウトしなくていいの。便利そうだからすぐ買ったよ。全部で八万円くらい。ところが買ってきて説明書を見ても何を書いているのかさっぱりわからない。自分で接続しなくちゃいけないんだよ。だから、そのままましまっちゃった。

椎　それはお前がバカだったんだな[*6]。

目　うん。ノートワープロの新しいバージョンが出たときにもすぐ買いに行ったんだよ。ところがそのノートワープロにはフロッピーを使わずにメモリーカードというやつを使うのね。そうすると、おれのワープロにそのメモリーカードは入らないから、それを読み取る機械が必要なんだよ。全部あとで気がついたんだけどさ。あれこれ買うと十何万もする。で、買ってきたんだけど、どうやっておれのワープロにつなげばいいのかわからない。それも買ったままましまっちゃった[*7]。

6　他人のことを言える立場でないことはすぐあとに判明する。

7　この発言者は、機械の新しいものに弱く、いつも買いに走っては失敗を繰り返している。

木　で、今度は時計で失敗したわけだ。

目　今度の時計は手巻きだから、これは大丈夫だろうと。手で巻けばいいいんだもん。そしたら三時間遅れるって言うんだぜ。

木　その時計はまだ箱を開けていないいんだろ。

目　うん、買ったままでしまってある。

椎　いままで言わなかったけど、あの時計を動かすためには、別の機械が必要なんだ*8（笑）。

木　何かに接続しないと動かないいんだよな（笑）。

沢　晋ちゃんは買い物の失敗ってある？

木　買ったまましまっちゃうのはTシャツが多いな。なんでこんなに買うんだろというくらい買っちゃう。

目　自分で買うの？

木　外国に行ったときに「どうですか」って言われると買っちゃうんだよ。

沢　Tシャツに弱い？

木　弱いなあ（笑）。

*8　いくら何でも、そんなことは真に受けない。

目　おれは機械製品に弱い。

椎　Tシャツは安いからいいね。

目　大変だよおれなんて。

木　だけど、買ったまま着ないから女房は冷たい目で見てるな。

沢　椎名は通販が好きだろ？

椎　勝率は五割だな。

沢　失敗した半分はどうするの？

椎　みんなあげちゃうね。負けたやつは見たくないから(笑)。*9

目　成功したやつもある？

椎　最近の成功は、足をぼこぼこ叩くやつ。あれはいい。

沢　マッサージ器？

木　足を叩くということは足の裏を叩くということか？

椎　そうそう。このくらいの大きさで……。

9　この発言者は何でも勝ち負けで考える人なのである。

木　このくらいって言ってもわからない。[*10]
椎　検事みたいに詰問するなよ（笑）。
木　だから……。
椎　横が三十センチ。
木　大きさを具体的に。
椎　はい。高さが足の二まわりくらい大きい。
木　だいたい鞄《かばん》くらいの大きさですね。
椎　そうですね（笑）。電気を使います。そこに足を乗っけるとぼこぼこと。おれ、最近足がだるいんだよ。こうやって押すとよく眠れますよって言われたわけ。本当によく眠れるんだ。
木　青竹を踏むのとどう違うの？
椎　青竹はぼこぼこ言わない。おれの通販生活十年の間の最高傑作だね。
目　じゃあ、最大の失敗は？
椎　ミストサウナかな。蒸気が出るやつ。
木　ほお。

10　テープに録音していることを熟知している人の弁。

椎 通販で買ったんだけど、接続が難しい[*11]（笑）。

目 ちょっと待って。さっき、接続のできないおれのこと、バカだって言わなかった？

椎 すまなかった（笑）。

沢 どうして接続が難しいの？

椎 だって、パイプでお湯を汲《く》んだりするんだぞ。しかも湿ったところに電気を通すわけだから、漏電のセキュリティが大変なんだよ。それですげえ面倒くさいから、ユウちゃん[*12]にあげた。

沢 ユウちゃん、使っている？

椎 使ってないと思う（笑）。

木 沢野んちは二十四時間風呂《ぶろ》を買ったと言ってたなあ。

沢 あれはね、妻が買ったの。妻はお風呂のことに関しては目が吊《つ》り上がるわけ。そんなもの買わなくてもいいんじゃないって言っても「言わないで！」っていつも神経とがらしているから、ぼくは何も言わない。[*13]

11 接続関係で悩む人の弁。

12 椎名の弟。近くに住んでいて、椎名の失敗したものがここへ運ばれていく。

13 何かを諦めている人の弁。

木　お前には発言権がないと。
沢　お風呂に関して、一言でも言ったら家庭が崩壊するの。*14
目　おれの最大の失敗、聞いてくれる？
木　言いなさい。
目　通販の雑誌を見ていたら、レインジャーベルトっていうのが出ていたんだよ。外国製のカッコいいベルト。値段はたしか一万五千円。
沢　何するのそれ？
目　ベルトだよ！
沢　いや、レインジャーベルトって言うからさ、特殊なベルトなのかなって。
木　レインジャー部隊が使うようなカッコいいベルトなんだろ。*15
目　でね、申込み用紙にサイズ欄があるから、で、おれはウエストのサイズを書けばいいんだと思って、八十三センチって書いて申し込んだんだよ。そしたら送

14　まだ家庭が崩壊していないと思っているのか、と瞬間他の三人の脳裏をよぎったが、ここでは誰もそのことに触れずに議論は進んでいく。

15　この弁護士は他人の言いたいことをいつもうまく翻訳してくれる。

られてきたベルトがきっちり八十三センチなの！

木　ベルトの端から端までが？

目　そう、きっちり八十三センチ。

一同　（爆笑）

目　腰にまわしたら、ぴったり端と端がくっつくんだよ。でも、それじゃあベルトに使えない。

木　そりゃあ、使えないよな（笑）。

目　ベルトのサイズって、端から端までのことを言うの？

木　ウエストのサイズだと思うよな。

沢　寝ながら本を読む台ってあるだろ。あれ、椎名、買ったことない？　おれはいつも欲しいなと思って見ているんだけど。

目　おれ、買ったよ。

沢　便利？

目　一回使ってやめた（笑）。

沢　どうして？

目　同じページをずっと読むんだったら便利だけどさ。ページをめくらなければならないだろ。そうすると、めくるときに手を伸ばして、こうやってこっちのほうに差し込まなければならないの。だから面倒なんだよ。

椎　そんなの、考えただけでわかるぞ[16]。

目　でも、最初は便利そうだなって思うよ。

椎　自動めくり器があれば便利でいいな。

目　でも、あれは一度は申し込んでほしいね。

沢　晋ちゃんは通販で買ったことないの？

木　一つだけあるな。座ると何百ボルトの電圧がバッとくるやつ。

目　何のために？

木　腰痛を治すと言うんでさ。実際にその頃、おれは腰痛だったんだよ。

目　で、治ったの？

木　治っちゃったんだよ。

沢　じゃあ、その買い物は成功したわけだ。

16　これを傍目《おかめ》八目という。

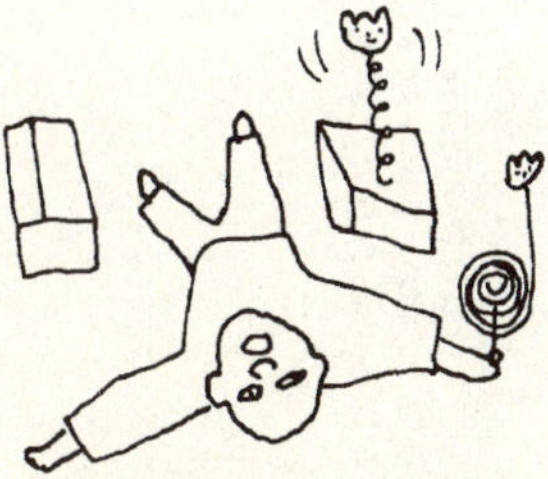

木　でも、治っちゃったら使いようがないんだよな。そのまましまってある。役に立ったからいいんだけどさ。

沢　おれ、衝動買いって万年筆くらいだな。

木　万年筆って何に使うの？

沢　いいの！　おれは好きなんだから。

木　間違っていないかねえ、手巻き時計とか万年筆とか。どうしてそういう役に立たないものを買うのかな。[*17]

椎　役に立っているんだよ。

沢　晋ちゃん、ゴルフのクラブに凝っているけど、全部のクラブ、使っている？

木　使わないクラブがいっぱいあるよ。

沢　だったら、万年筆だっていいだろ、お前。パターのほうが高いんだよ[*18]（笑）。

木　そうだな。

沢　おれの万年筆、見せるぞお。松本まで万年筆買いに行くと、ホテルに泊まるのに二万円はするだろ。交

17　興味がないことを人は理解できないという意見の典型として受け取られたい。

18　沢野にしてはいいことを言う。

通費が二万、オヤジに酒をおごるから、なんでこんなにかかるのかなって。

木　洋服関係の失敗はない？

沢　最近は洋服関係で失敗しないようにしているから。

木　おれは失敗しつづけているな。自分では気にいって買ったんだけど、着てみると気にいらない。そういうのが多いよ。

目　気にいらないならまだいいよ。おれなんて、気にいってる服なのに、油断していると体型が変わるから着られなくなるんだよ。あれはくやしいよ。

木　君の場合は最初から大きめの服を買っておいたほうがいい。

椎　ふたまわりくらい大きいやつな（笑）。

目　おれは靴も異常に買うんだけど、いつも失敗するな。

沢　靴の失敗って？

目　買うときにはいいなと思って買うんだけど、ちょっと歩いてみると足が痛くなるんだよ。

椎　君は全体的にきつめのものを買う傾向があるね[*19]（笑）。

木　買ってはみたけど、恥ずかしい靴ってあるな。

沢　あるある。

木　白い靴を買ったり、赤い靴を買ったり。[*20]

目　赤い靴なんて買う？

木　いいなあと思って買うんだけど、結局は恥ずかしくてしまったままなんだよな。

目　おれは鞄《かばん》もしょっちゅう買うな。

木　鞄はたまるな。どうして使わない鞄があんなにあるんだろ。

椎　おれの鞄は最初、通販で買ったんだよ。すごく気にいったんだけど、そのメーカーがつぶれちゃって、いまはまったく同じ鞄を日本の職人につくってもらっていまでも使っている。これは使いやすいんだ。

木　どこが使いやすいの？

19　友人だけに鋭い分析を言っている。

20　それにしても、赤い靴を買う心理は理解しにくい。弁護士が赤い靴をいつはくのだ！

椎　二泊くらいの旅なら、これだけで充分。この鞄が
ないとおれは生きていけないよ。
沢　その鞄、ショルダーバッグにもなるんだろ。
目　おれ、肩凝りがひどいから、ショルダーはだめなんだ。なるべくなら引きずっていきたいわけ。下に車輪がついたやつね。
木　旅行用のやつがあるな。
目　でも旅行用のやつは大きいから、町中用のやつが欲しいの。もっとちっちゃいやつがないのかな。
木　通販で売ってるよ。
椎　今度おれたちが選んで買ってあげるよ。レインジャーベルトみたいな失敗がないようにな（笑）。
目　ベルトには注意したほうがいいね（笑）。

わが人生の怒りとよろこび

木　最近、怒ったことあるか？

目　夜中に突然、沢野のことを思い出して、我慢できないほどムカムカしてくることがあるな（笑）。

椎　そうそう。

木　あれ、椎名も？

椎　そうだよ。沢野のことを思い出すだけで、寝ていても目が覚めちゃうぜ（笑）。

木　それは沢野が何か悪いことをしたのか？

目　具体的なことは何もないけど[*1]（笑）。

椎　思い出すんだよ、いままでのことを。

目　何度あいつに約束を破られたことか、って思い出しちゃう。いまその問題があるわけじゃないけど、昔

*1　これでは沢野の立場がないが、仕事上の長い付き合いがないと、この心理は理解しにくいと思われる。

のことを思い出してムカムカしてくる（笑）。
木　眠れなくなる？
椎　夜中にムカムカして目が覚めると沢野のところに電話しようと思うよ（笑）。
沢　そういうことがあるから、うちはいつも留守番電話にしておく[*2]（笑）。
木　おれはあまり沢野にムカムカしたり、いらついたりしないよ。
椎　それはお前が沢野と一緒に仕事をしていないから。
木　あ、そうか。
目　友人として考えれば、とてもいい男だけど、一緒に仕事はしないほうがいい（笑）。
木　遊びのときでもかなり特異な行動はあるけど、おれは十二歳の頃からの付き合いだから、諦《あきら》めというものがある（笑）。問題の多い男ではあるけれど、こいつも愛《いと》しい奴なんだと。
椎　そういう物分かりのいい奴って嫌だな（笑）。

2　沢野も決してバカではないことが、このエピソードからうかがえるであろう。

木　お前、腹減っていないか？

椎　今日は昼飯も晩飯も食っていない。

木　腹減ると人間は怒るんだよ。そういうときは沢野も気をつけたほうがいいぞ。

沢　まあ、ぼくの話はそれくらいにして（笑）。学校の連絡網は頭にくるなあ。

木　どうして腹が立つの？

沢　おばさんが次の人に流してくださいとか電話してくるんだよ。何を言っているかわからないし、誰もいないときなんか、どうしていいのか困っちゃうよ。

木　今日のテーマは「わが人生の怒りとよろこび」[*3]っていうんだけど、お前の怒りは連絡網がどうしたこうした、というやつしかないのか（笑）。

沢　いや、まだあるよ。

木　じゃ、言ってごらん。

沢　深夜にしつこく電話がかかってくるんだ。取ると切れちゃう。

3　この座談会において、テーマがいつ決まったのかは、さして重要な問題ではない。いつも誰かの唐突な発言からスタートして、そのうちにテーマがしぼられてきたとき、今日のテーマは○○だな、と誰かが言いだすと、それに決定するというのが、この座談会のパターンなのである。問題はテーマについて誰も言いださないときで、結局支離滅裂な無駄話をしただけで終わることも実は少なくない。それは活字に起こさないまま、テープが死蔵されることになるが、おそろしいのはそういうテープが山のようにあることだ。つまり、ここに採録した座談会は、まだましなほうなのである。驚かれるかもしれないが、それが今回初めて明かす真実だ。

木　いたずら電話か？

沢　だろうね。で、おれの家にはオルゴールがあるの。スイスから買ってきたでっかいやつが。

目　それで？

沢　だから電話がかかってくると、そのオルゴールを電話のそばに持ってくる。

木　ふーん。

沢　でね、様子をうかがっていると、相手は電話を切らずに聞いているんだ。

目　へー、それまではすぐ切ったのに？

沢　そうそう。しばらくたつと切れちゃうけど。ところがまたかかってくる。夜中の三時、四時、何度もかかってくる。こっちも怒るよな。

木　うんうん。

沢　だから四時に電話が鳴ったときは怒鳴りつけようとしてガッと受話器を取ったら、今度は向こうからオルゴールの音が聞こえてくるんだ（笑）。

椎 それ、いい話だなあ（笑）。
沢 朝の四時だよ。
目 それ、沢野の知っている人じゃないの？
沢 椎名かなあ（笑）。
木 夜中に沢野のことを思い出してムカムカしたから、オルゴールを電話のそばに持ってきて（笑）。
椎 相手がオルゴールを使ったらこっちもオルゴールを使うなんて発想は沢野っぽいよ。
沢 でも、おれはこっちにいるんだからさ。*4
木 わかってるよ（笑）。でも沢野の怒りは電話からみばかりだな。
椎 おれ、人生のよろこび……あるよ。
木 よし、椎名に行こうか。
椎 十四年間勤めた前の会社を暮れに辞めて二週間後に仕事でメキシコに行ったんだ。向こうは夏だからアカプルコで泳いで……、そのときにおれは自由だと思ったね。

4 椎名の発言は、発想が沢野っぽいと言っているだけで、沢野が自分に電話してるんだろと言っているわけではない。すなわち、ここからは、沢野に対してはもう少し直接的な言い方のほうがいいとの教訓を学びたい。

木　サラリーマン生活から解放されて……。

椎　その中には若干の不安があるわけだよ。まだそれほど本が売れていないし。

木　なるほど。

椎　これからどうなるかわからない。素晴らしい成果を得て自由になったわけではない。まだかなりの不安の中で揺れて漂っている。でも、とりあえずいまはいいぞって感じだな。海の中で太陽をバーッと浴びてさ。あの瞬間はまだ覚えている。あれは人生的なよろこびだったな。そういう話をしようぜ（笑）。電話がどうしたとかいうんじゃなくて（笑）。

目　そういうよろこび、おれはないなあ（笑）。

木　話がつながんないぜ（笑）。

目　だって、おれは毎日、いまでも会社に来ているし。そういう自由を味わったことないよ。まあ、別にアカプルコに行きたいとも思わないけど。それよりは神田のほうがいい[*5]（笑）。

5　本に囲まれていればそれだけで幸せという困った性格なのである。もちろん、困るのは周囲の人間であり、本人は困っていないのである。

木　おれがいままでにいちばん嬉《うれ》しかったのは、最初に事件を解決して相手からカネを取ったときかな。

椎　ずいぶん直接的だな（笑）。

木　茨城のほうの事件を解決して先方から現金で百万円をあずかった。それまで百万円なんて大金、おれは数えたことはないわけよ。嬉しくて嬉しくて、顔がシマッてなけりゃいけないんだけど、数えながらニヤニヤしてきちゃう。その頃の弁護士の初任給が五万五千円くらいだから。

目　ようするに目に見える具体的な仕事の成果だね。

沢　おカネに弱いタイプなんじゃないの*6（笑）。

椎　原稿を書き終えるのはだいたい朝方で、その頃は体がよれよれになっているんだけど、書きあげた原稿用紙を整理するために机の上でバサバサってやるときは嬉しいよな。木村は現金の束でよろこぶけど、おれは原稿用紙の束（笑）。

目　沢野のよろこびは何？

6　こういうことをすぐ言いたくなる男なのである。

沢　おれも原稿というか、絵を描き終えたときは嬉しいよ。

目　締切を守ってくれれば編集者も嬉しいけどな[*7]（笑）。

沢　最初は原稿を書けなくてさ、困ったなあって思っていても、途中から手が止まらなくなることってあるだろ。その手を押さえちゃったりして（笑）。

目　いつ押さえるんだよ（笑）。ないよ、押さえるときなんて。

木　目黒が沢野の手をつかまえて動かしている（笑）。

椎　いや、目黒に手をつかまえられないように逃げまわっている（笑）。

木　原稿を書くのはしんどいけど、自分の書いた本[*8]が売れると正直嬉しいよな。

椎　最初の本は嬉しかったな。

目　おれは違うよ。自分の本が売れるより、自分の会社がつくる本が売れたほうが嬉しい。

7　この発言者は沢野に対して編集者として接しているので、こういう言い方になる。つまり、これは友人の弁ではなく、編集者としての弁。

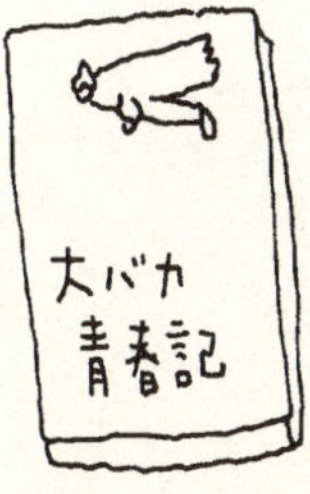

8　木村晋介はたくさんの著作を持つが、本の雑誌社からは『キムラ弁護士大熱血青春記』『ネコのために遺言を書くとすれば』『ありふれない一日』『リコウの壁とバカの壁』（ローヤー木村名義）が出ている。

木　経営者になりきっているじゃないの。

目　だって自分の本は自分だけの問題だから、恥ずかしいよ。それよりも、みんなでよろこびを共有できるほうがいい。

沢　ねえねえ、屈辱を味わったって話をしてもいい？

木　屈辱？　いいよ。

沢　うちの前に立派な家が建ったら、十何年も飼っている犬がそっちに行っちゃうんだ（笑）。

椎　それは屈辱だなあ。

沢　おいで、って呼んでも帰ってこない。夜になると帰ってくるけど、昼間はそっちに行ってる。朝になるとサッとその家に行って、向こうの子供に尻尾《しっぽ》を振っている（笑）。そのうちに、その立派な家の中に入っていっちゃうし、最近は呼んでも振り向かない。*9

木　夜はどうして帰ってくるのか聞いてみたほうがいい（笑）。

沢　ただ寝に帰ってくるみたい。どういう性格の犬な

9　犬が家に寄りつかないことには、何らかの理由があると思われる。家に問題があるとか、餌をあげないとか、そういう原因もなく家に寄りつかないのは不自然だ。つねにものごとの原因を考えず、不思議だなあと思うだけの人間の性格をよく表している発言と解されたい。

のかなあ。

椎　誰かに似たんだよ＊10（笑）。

木　うちの向かいのおじちゃんは釣りが好きなんだけど、食うのは嫌いなんだ。だから魚を釣ってくると、その魚がおれの家にまわってくる。うちは釣るのは嫌いだけど食うのが好き（笑）。すると向かいの家に猫がいるんだけど、猫って頭がいいね。そのおじちゃんが釣りから帰ってきた翌朝、必ずうちに来て待っているの。ここに来れば必ず魚を食ってアラが出るとわかっているんだ。

沢　どうしてそれがぼくの話と関係あるの＊11？

木　だからさ、餌をあげたほうがいいんじゃないかってことだよ。

沢　じゃあ、よろこびも言っていい？

木　何でも言いなさい。

沢　携帯電話は持っていないんだけど、家の中で持って歩ける電話があるだろ。

10　誰に似ているかは推察できるものの、ここでは書かない。

11　この人は遠回しな言い方ではわからない人間であることを、まわりにいる友人はもっと理解する必要があると思う。

目 コードレス。

沢 それぞれ。これがすごいの。ぼくはそれを持って家から外に出てね、近くのコンビニまでずんずん行った。ぼくの家は丘の上だから、すごく遠くまで電波が届いてさ、それを発見したときは嬉しかったなあ。

木 結局、お前の場合は、怒りもよろこびも電話なのね（笑）。

椎 これからも沢野は電話とともに生きなさい（笑）。

目 犬にも携帯電話を持たせればいい（笑）。

幕藩体制を復活せよ[*1]　おじさんたちの科学・日本史篇

目　うちの会社の女の子が、日本史を全然知らなくてね、秀吉と家康がどっちが先に天下を取ったのかもわからないんだ。それで、いちいち質問してくるもんだから面倒くさくなって、司馬《しば》遼太郎《りょうたろう》の小説を読めってすすめたことがある。

木　日本史には司馬遼太郎ね。

目　うん。司馬遼太郎の小説を読むと日本史が実によくわかるんだよ。あれは絶対に中学か高校の教材にすべきだね。

木　でもな、おれ、日本史って全然頭に入らなくて、大学受験のときに課目を選ぶだろ。そのとき、日本史も世界史も頭に入らないから結局数学にしたぜ。それ

1　この座談会は、一九九四年四月に配布された文春文庫創刊20周年特集の小冊子に載ったもの。その月、文春文庫は歴史小説フェアというのを行い、それに関連して日本史の座談会をやってくれないかという依頼に応えて出張したものである。

がよかったんだけどね。

椎 ヘンな奴だねえ。

沢 普通は数学のほうが嫌だよな。

椎 おれは日本史より日本酒のほうがいい（笑）。

目 それはオチでしょう。まだ早すぎる。

木 どちらかと言えば、日本史より世界史のほうがいいな。

沢 どうしてなの？

木 日本史ってけっこうみんなが知ってるから、世界史を知ってるほうが受ける。

目 どういうこと？

木 アッシリア帝国にアッシュールバニパルという王様がいて、この人が最初に牛の照り焼きを食ったんだと言うと、みんな、ほほおと思うだろ。

目 あ、知識を自慢できるということか。

椎 でも、それ、誰かが質問しなくちゃ言えないだろ。

目 自分から言いだす奴って嫌だよね。誰も聞いてな

いのに、「お前、アッシリア帝国を知ってるか」なんて。

椎　嫌な奴だな。

木　照り焼きを食っているときに言えばいいんだよ。

沢　その知識を言いたいために照り焼きを食いに行くわけだ。

木　こっちから誘うんだよ。

目　そのアッシリア帝国っていつあったの？

木　えーとね（笑）。それは……ずっと前だよ[*2]（笑）。

椎　そりゃそうだろうな。

目　場所はどのへんなの？

木　ずっと西のほうだな（笑）。

沢　でもね、日本史のほうが自分の生活に密着しているから、そっちのほうが面白いと思うな。

椎　そんなの知ったって何の役にも立たないぜ。

目　椎名は、両方とも必要ないという意見なのね。

椎　そんな知識、持っていたってコメ不足のときに役

*2　あまり自慢できない。

に立つかあ。

木　役に立つだろ。大飢饉《ききん》のときに人々はどうしたか、なんてこれまでの歴史でいっぱいあったんだから。

目　生活の知恵を世界史から学ぶと。

沢　でも日本史のほうが便利だと思うな。松本に旅行してさ、お城を見ながら、このお城はね、なんて説明できるよ。子供たちはお父さんはいろんなことを知ってるんだなあって尊敬の眼差しで見てくれる。

目　世界史は大変だよ。アッシリア帝国まで行かなくちゃならない。

椎　でも、そういう親父は家の中でもいつも言ってるんだよ。あれがどうしたこうしたって。うるせえよな。「またお父さん始まっちゃった。早く二階に行こう」なんてな（笑）。

木　日本史はな、すぐバレちゃうだろ。

目　バレる？

木　松本城のことを知ってたって、その人はすぐ松本城に行けるわけだよ。すると嘘がバレちゃう。*3

目　じゃあ、木村さんはいいかげんな知識で言ってるわけ？

椎　不純だよな。

沢　たとえば、バーで飲んでるよな。隣のおじさんと何となく日本史の話になって、そのおじさんがやたらに詳しいの。そうすると、この人、知的だなって思うよ。

目　日本史だったら、ということ？

沢　うん。世界史はあまりにもぼくたちの生活から離れてるだろ。まあ知ってて悪いことはないと思うけど。

椎　いや、悪いことあると思うな。うるせえよ。*4

目　うるさい奴は、日本史だろうが世界史だろうが、すべてうるさいんだよ（笑）。

沢　質問して答えてくれるのはいいんだろ？

椎　でもおれ、歴史なんて質問しないぜ。それなのに勝手にべらべら言う奴がいるんだよ。

3　先ほどの牛の照り焼きについての知識には感心したが、このとき木村以外の人間の中に、疑いの心が芽生えたとしても不思議ではない。

4　自分の知らないことを言われると、こう感じる人なのである。

目 アッシリア帝国がどうしただの。

木 お前、おれのほうを見るなよな（笑）。

椎 おれはいまを語りたいね。歴史なんて関係ないよ。

木 ビールを飲むとき、どうしてビールはこういう味になったんだろとか、考えるだろ。するとどうしたってビールの歴史の問題になるぞ。

椎 そんなことはない。ビールはビールなんだよ。

目 ようするに講釈を聞くのが嫌なんだ。

木 でも椎名も、自分の知ってることはうるさく言うぜ。

椎 ははははは。そうかあ。

沢 おれは知ってる、なんてことになったらすごいよね。

椎 嫌な奴だねえ（笑）。

木 カニにはタカアシガニというのがいて、脚は何メートルもあるってのをお前ら知ってるか、とかな（笑）。

目　わかった。自分は講釈するけど他人の講釈は聞きたくないんだ。でも、それはただのわがままだね（笑）。

木　ようするに世界史が好きということは、金髪が好きということだな[*5]（笑）。

目　そういうことなの？　じゃあ日本史が好きなのは？

木　和服のほうがいいと。

沢　椎名みたいに両方とも嫌って奴は？

木　裸がいいと（笑）。

椎　くだらねえな（笑）。

目　女性の話だと、時代小説に出てくる女性はいいよね。

椎　いい女がいっぱい出てくるなあ。

木　椎名の「いい女」ってのはどういうの？

椎　礼節を知り、夫に忠実で優しく、料理は上手で……。

5　こういう単純なことを弁護士が言うのかと驚かれるかもしれないが、この出席者はみな長い付き合いなので誰も驚かない。

沢　そういう理想の女性像は山本周五郎《やまもとしゅうごろう》の小説に出てくるでしょ。

椎　おれ、山本周五郎、大好きなんだよ。『さぶ』『日本婦道記』『樅ノ木は残った』。みんな涙が出てくるくらい美しくきちんとしていて、たおやかに生きているだろ。

目　おれは藤沢周平《ふじさわしゅうへい》がいいな。男がいいんだ実に。最近の作品では、『秘太刀馬の骨』の主人公は下級官吏なんだけど、この男の生き方がいいの。凛《りん》としていてさ。

木　おすすめは?

目　初老小説の傑作『三屋清左衛門残日録』と、青春小説の傑作『蟬しぐれ』。

木　あ、お姉さん、そのイクラ御飯こっちね。

椎　お前、どうして酒飲んでるときに飯を食うのよ。*6

木　おいしいぜ。

椎　嫌だねえ、こいつは。お前は池波正太郎《いけなみしょうたろう》の本を読

6　こういうことに怒る人なのである。

みなさい。

目　『鬼平犯科帳』にも食べ物の話がたくさん出てくるだろ。

椎　だからさ、正しい食べ方が出ているんだよ。夕方、居酒屋で豆腐とかこんにゃくとかを肴《さかな》にして日本酒を飲むの。つまみは単純なもんだけど描写がうまいんだ。実に飲みたくなる。最高のグルメ本だね。

木　ふーん。

椎　その季節にとれるものを、その土地で食べるの。これはいいよ。ようするに本当においしいものを食べるんだな。

木　腹が減ってると、何でもおいしいんだよ。

沢　あ、それは言えるな。

椎　嫌な奴らだねえ。

目　それにしてもさ、時代小説を読むとのんびりするだろ。あれは江戸時代がやっぱりのんびりしていたからなんだろうか。

木　昔は腕時計がなかったからな（笑）。
椎　江戸時代は時間どうしてたんだ？
沢　お寺の鐘が鳴ったよね。
木　鳴らすほうはどうして時間がわかったんだよ。
沢　星を見るとか。
目　日時計があったんじゃないの？
椎　待ち合わせはどうしていたのかな。
目　携帯用の日時計を持っていた。
木　腕時計型なのな。水平にしないと正確な時間がわからない（笑）。
椎　雨の日や曇りの日はどうするんだよ。*7
木　デジタル日時計（笑）。
椎　でも本当にどうしていたのかな。小説ってそういうところから出発するんだよ。
目　昔のことで知らないことってたくさんあるだろ。平岩弓枝《ひらいわゆみえ》の『御宿かわせみ』って捕物帳のシリーズがあるでしょ。あれを読むたびに思うんだけど、昔の警

7　知識のない人間同士が話しても何の解決にもならない。

察と現代の警察は機構的にどう違うのか。誰かが表にして対比してほしいなあ。

椎　江戸時代に弁護士っていたのか？

木　いない。大岡越前守《おおおかえちぜんのかみ》がいるだろ。あれは検事であり、裁判官であり、それで弁護士でもあるんだよ。

沢　ふーん。

目　時代小説を読むと、けっこうね無実の人が捕まって、島流しにあうだろ。ああいうことがあっても仕方がないほどだったの？

木　たくさんあったんだろうねえ。

沢　島流しって、島の人たちから見れば、たまんないよな。

木　だけど、八丈島を見ると、もともと土着の人がいたわけだよな。そこに罪人と一緒に外の文化が入ってくるわけ。それによって八丈島が栄えるんだ。

目　おまけに、罪人と言ったって、ヘンな奴ばっかりじゃなくて、人格的にすぐれていたり、無実の人とかもいるわけだから。

木 耳掻《みみか》きなんて、どういう歴史があるんだろうね。*8

目 耳掻き？ なんで？

椎 どうして耳掻きが突然出てくるんだよ。

沢 欧米人は釘《くぎ》っぽいのを使ってるね。

目 釘？ 鉄製ということ？

沢 釘だよ。

目 鋼鉄製ということでしょ。

椎 いいよ、そんなのはどうでも。その前に、どうして島流しの話から耳掻きになるんだよ。

目 そうか、まずそれを説明しろと。

木 だいたい猫でも犬でも、なんか耳の中は痒《かゆ》いらしいよ。耳の中を掻いてあげると気持ちよさそうにするだろ。

椎 それはわかる。

目 それではまだ、島流しから耳掻きの話になる理由の説明になっていない（笑）。

*8 どうしてここに耳掻きの話が登場するのか、このあとの説明を聞いても全然わからない。

木　似てるだろ。耳の中が痒いけど掻けないのと、遠くに流されて故郷に帰りたいと思うけどご赦免になかなかならないのは、似たようなもんだ。

沢　犯人がなかなか白状しないときに、耳掻きしてあげるから、って言うのがいいんじゃないかなあ（笑）。

木　それは吐くな（笑）。

椎　本当のことを言え、って耳掻きをちらちら見せるのな（笑）。

木　昔なら煙草を吸わしてやるって手もあったけど、いまは禁煙している奴が多いから。

沢　最近は耳掻きだね（笑）。

木　耳の中を掻いてくれるならもう白状しちゃおうなんてな。

椎　松本清張《まつもとせいちょう》だったかな、江戸の小伝馬町《こでんまちょう》の牢屋《ろうや》の話で、すごいのは糞《くそ》を食わせるんだ。罰則として。さあ問題です。牢屋社会の中で糞を食わされる悪者は誰か。

木　糞をした奴（笑）。

目　その悪者というのはどういう意味？
椎　ようするに新参者だよ。
目　いちばんいじめられる奴ということか。
木　どんな罪を犯して牢屋に入ってくるといじめられるかだ。
目　耳搔き窃盗（笑）。
椎　それは岡っ引きなんだよ。
木　あ、なるほど。
椎　岡っ引きも罪を犯すことがあるわけだ。つまり、いままで敵だった奴が牢屋に入ってくるわけ。そうなるともう大変だったらしいな。
沢　岡っ引きって、どうやってなるの？
木　やっぱり任命制だろうな。
目　国家公務員？
木　藩ごとにいたんだから地方公務員か。
椎　そういえば、廃藩置県ってやったよな。
沢　なに、その廃藩置県って？

椎　目黒、説明しろよ。[*9]

目　ようするに、藩をやめて県にしたわけだよ。

沢　いつ頃の話？

目　明治になってからだね。

椎　藩って幾つくらいあったんだ？

木　三百諸侯って言うくらいだからな。

椎　藩っていいよな。いまでも県民意識ってのはあるけど、藩のほうが民族意識って感じがすると思うんだよ。

目　たしかに意識としては国に近いね。

椎　廃藩置県は間違いだったんじゃないか。県より藩のほうがいいよ。[*10]

木　いま、日本が三百の藩に分かれていたら大変だぜ。

椎　相撲なんかでも、松前《まつまえ》藩出身なんて呼び出すわけ（笑）。

目　よし全部、これからは藩で行こう。

木　でも、何のメリットがあるんだよ。

9　自分で説明しないのは面倒だからではなく、椎名も詳しくは知らないからではないのか、とこのとき目黒も木村も一瞬疑いの気持ちをもったことは書いておかなければならない。

10　ここでようやく、この回のテーマが浮上してくる。

目　文学賞も藩ごとにあるんだから、すごいぜ。

沢　松前藩新人賞（笑）。

椎　国体は面白いな。

目　三百年たたないと自分の藩にまわってこないから、燃えるよね（笑）。

木　高校野球は大変だろ。決勝に出てくるのが三百チームいるんだから。

椎　一年に一回は無理だな。四年に一回になる（笑）。

目　それじゃあ、みんな卒業しちゃうよ。

沢　日本が賑《にぎ》やかになる。

椎　わしは何藩だのなんだの、うるせえだろうな。

木　藩を越えての結婚は難しいね。

目　これは許可がないとダメ。*11

椎　悲恋だな。ここから新しいタイプの恋愛小説が生まれてくる（笑）。

目　各藩に週刊誌が創刊されるね。「週刊薩摩《さつま》」。

沢　スポーツ新聞も必要だろ。「スポーツ越後《えちご》」。

11　ここからはいつものエスカレート議論で、この四人がもっとも生き生きとする時間と言っていい。

目　とにかく藩のことしか書いていないのね（笑）。

木　部数は少ないな。藩の人間だけだろ読者は。

目　文芸誌もできる。「文芸薩摩」。

椎　テレビは？

目　必要だねえ。

木　各藩一局。隣の藩の奴には見えない。

沢　あのさ、車の免許とかはどうするの？

目　いい質問だねえ（笑）。これは当然各藩ごとの免許だから、隣の藩に行くには国際免許を取らなければダメ。これが難しいんだ（笑）。

木　隣の藩に行くにはビザとかもいるんだろ。

目　それは大変です。ビジネスなら簡単だけど、単なる観光ではねえ、お客さん（笑）。

椎　なにしろ関所があるからな（笑）。

目　県境は全部、鉄条網だよ。

木　関税も厳しいだろう。薩摩揚げは何枚までとかな。

沢　違反したら関所で没収だよね。

木　「オーノー」とかな。

目　言わないって（笑）。

椎《しい》　でも、国際社会だから情報は衛星放送で全部入ってくるんだよ（笑）。

木　なるほど。CNNを見てるから世界情勢に関しては詳しい。

目　ただし、隣の藩についてはまったくわかんないの（笑）。

木　おれの生まれた中野区でも塔《とう》ノ山町《やまちょう》と城山町《しろやまちょう》はいまでも仲が悪いよ。

椎　そこはもともと違う藩だったんだな。廃藩置県で中野区になったんだ（笑）。

木　それしかないな。

目　じゃあ、そろそろ時間がきたんで最後に、文春文庫のおすすめをそれぞれあげて、終わりにしようか。*12

木　おれ、読んでないぜ。

目　木村さんは読んでみたい本でいいよ。あ、木村さ

12　いくら何でも、バカ話だけではまずいとようやく気づいて、お座敷を意識した発言。

んに読ませたい本にしようか。あなたは事実がいいんでしょ。なにしろ事件調書がいちばん面白いって人だから（笑）。

椎　それじゃあ松本清張の『昭和史発掘』がいいんじゃないか。

木　これ、十三巻もあるぜ。

目　でも短いものの集成だから読みやすいよ。それとも吉村昭《よしむらあきら》の記録文学がいいかな。『戦艦武蔵ノート』とか。

椎　『破獄』も面白かった。

目　何度も脱獄する話ね。

沢　ぼくは、伊丹十三《いたみじゅうぞう》『ヨーロッパ退屈日記』かな。ずいぶん昔の本だけど、絵もうまいし、話にも蘊蓄《うんちく》があって、いまでも古びていないんですよ。あともう一冊あげれば江藤淳《えとうじゅん》の『アメリカと私』。ぼくはアメリカがいつも気になってるんで、この本もすごく気になるんだよ。

目　おれはやっぱり文章のうまさということで、井上靖《やすし》だな。日本の小説家では、この人がいちばん好きなの。文春文庫で言えば、『魔の季節』は初期の作品だけど、それなりに面白い。あとは髙樹《たかぎ》のぶ子『花嵐の森ふかく』か『その細き道』か『波光きらめく果て』か、何にしようかな、困ったな、ええと、青春小説の傑作『その細き道』にします。

椎　おれは色川武大《いろかわたけひろ》『怪しい来客簿』といしいひさいち『忍者無芸帖』ね。

木　いしいひさいちの『忍者無芸帖』はいいねえ。

椎　両方とも、危うく鋭く、おどろおどろしい世界を描いて、まあ、いしいさんはおどろおどろしくはないけど、とにかくいいな。

沢　あとは東海林さだおさんの本はだいたい読むよ。

目　でね、結論としては、本というのは面白いから、しかも文庫は、こんなに安いレジャーはないんだから、もっともっと読んでほしいと。

椎　あのさ、文庫のカバーはいらないんじゃないか。[*13]

木　でも日本人は何でも中身じゃ買わないぞ。

椎　よし、藩ごとに本の色を変えちゃおうか。薩摩藩の本は赤にするとかさ。

目　またその話に戻るの？　もういいよ。終わりにしよう。

13　いつもの座談会なら、ここから話は違う方向に展開していっただろうが、出張篇なので、はっと気がついてすぐさま終わりに向かっていく。

超常的空論

椎名誠

女が三人集まるとかしましい（うるさい）という。これは昔、かしまし娘というのがいて、それで初めてその意味を知った。つい最近、連載している週刊誌のコラムに書いたばかりだが、「おばさん語法」というものがあるというのをぼくは前から感じていた。たとえば、女の人が三人集まって話をしている。新幹線なんかでよくそういう現場に出会う。「おばさん語の法則」というのは、

①一人が話をして、その話が終らないうちに別の人が割り込む。

②それが三人がかりで延々と疲れるまで続く。

③おばさんは絶対疲れない。

この法則は五人になろうが十人になろうが法則だから変らない。そういう現場に出会ったとき、おばさんたちは会話をどのくらい覚えているのだろうかと思うのだが、それはまあ確かめようがない。

この「発作的座談会」もずいぶん長きにわたってやっていた。「発作的」と「座談

会」はもともと矛盾するものである。「座談会」というのは普通テーマがあり、それにふさわしい発言者を集めて突き詰めていく。我々は「発作的」だからとにかく話をして最終的にテーマが見つかる。

「おばさん語法」と違って「おじさん語法」はひとりひとりの会話が唐突で短く、かなりの率で相手の話が終わるまで待っている。待っているからといって相手の話を引き継いでそれを深めるということもない。あるときなどは四人それぞれが別々のことを考えていて、結果的にそれを順番に言っているだけだった、ということにあとで気がついたことがある。それでもその場の雰囲気は座談会として成立していたような気もするから、よく考えると「おじさん語法」というのは「おばさん語法」以上に破綻《はたん》しているのかも知れない。

とはいえ、長きにわたってそれぞれ仕事も生活のバックボーンも人生観も異なった四人が時折集まって、世の中超能力者ばかりになったらどうなるか、とか、いきなり電話だけがなくなったら我々の生活はどう変化するか、などということを真剣に考えつつ話をするひとときは、実のところぼくには大変楽しかった。

目黒考二も序文に書いているように、我々の座談会は長きにわたって途絶え、つい最近、本当に久しぶりに以前よりもそれぞれ人生経験が豊富になっただろうという錯覚のうちに「新・発作的座談会」を開催したことがある。序文にあるようにそれは失敗した。原因はいくつかあるが、このときは四人のうちのある一人がずっと喋《しゃべ》り続けていたという事実もあった。彼は喋りたかったのだ。結果的には座談会にならず、テーマを変えて何度か再挑戦したが、我々はそこで静かに現実を知った。

本書にあるような座談会は、四人の異なった人格と人生が瞬間的に思考のからみあいをするようなものだから、そこで語られているものが何であろうと、今思えば、それなりに集中力と自分の話すべきことがらのようなものをきちんと認識していたのだろうと思う。

この「発作的座談会」のシリーズははっきり言って「読者を選ぶ」ものだった。ずいぶん高飛車なものの言いようだが、既刊のこのシリーズを読んで「バカバカしい」と数分で放り投げてしまう人もたくさんいただろうと思う。その逆に再読四読、寝ても起きても、という読者もいたと聞く。ぼく自身もなにか非常に心の鬱屈《うっくつ》するようなとき、自分らが語ってきたこのシリーズ本のどれかをひろげて、そこで語られている超常的空論としか言えないような話の数々に心を安らがせていたことが何度もある。「読者を選ぶ」本とは言ったが、その選ぶ読者の中に自分本人がいた。もう我々は全員同じように歳をとり、あの時代に空論を語り合った柔らかな脳と思考はなくなっている。そのことをやや悲しみながらも、このシリーズは自分がかかわりあった本の中でも最高のものだったと自負している。

初出および収録単行本一覧

朝、目が覚めたら一人だった!?　「本の雑誌」2000年11月号
最強の筆記具は何か　「本の雑誌」2003年8月号
百年後にはどうなっているか？　「本の雑誌」2001年5月号
欲しいけど買えないもの　「本の雑誌」2001年4月号
スポーツは体によくない!?　「本の雑誌」2003年4月号

もし空を飛べたら　『いろはかるたの真実・発作的座談会』
どこへ行きたいか　『発作的座談会』
買い物の問題　『いろはかるたの真実・発作的座談会』
風呂問題を考える　『超能力株式会社の未来・新発作的座談会』
貰って嬉しいもの困るもの　『発作的座談会』

毎月一のつく日は「沢野の日」だ！　「本の雑誌」2002年6月号
あれも欲しいこれも欲しい／飛行機篇　「本の雑誌」2002年11月号
なくなったら困るものは何か　「本の雑誌」2000年9月号
どんな「長」がいいか？　「本の雑誌」2000年8月号

コタツとストーブ、どっちがエライか　『発作的座談会』
もし電話がなかったら…　『発作的座談会』
買って失敗したもの…　『超能力株式会社の未来・新発作的座談会』
わが人生の怒りとよろこび　『いろはかるたの真実・発作的座談会』

幕藩体制を復活せよ　おじさんたちの科学・日本史篇　「文春文庫創刊20周年記念小冊子」

本書は平成二十一年十月に本の雑誌社より刊行された
単行本を文庫化したものです。

帰《かえ》ってきちゃった発作《ほっさ》的《てき》座《ざ》談会《だんかい》

椎名《しいな》 誠《まこと》・沢野《さわの》ひとし・木村晋介《きむらしんすけ》・目黒考二《めぐろこうじ》

角川文庫 18100

平成二十五年八月二十五日　初版発行

発行者—井上伸一郎

発行所—株式会社角川書店
東京都千代田区富士見二—十三—三
電話・編集 (〇三)三二三八—八五五五
〒一〇二—八〇七八

発売元—株式会社KADOKAWA
東京都千代田区富士見二—十三—三
電話・営業 (〇三)三二三八—八五二一
〒一〇二—八一七七
http://www.kadokawa.co.jp

印刷所—旭印刷　製本所—BBC

装幀者—杉浦康平

し 6-29　ISBN978-4-04-100963-5　C0195

角川文庫発刊に際して

角川源義

第二次世界大戦の敗北は、軍事力の敗北であった以上に、私たちの若い文化力の敗退であった。私たちの文化が戦争に対して如何に無力であり、単なるあだ花に過ぎなかったかを、私たちは身を以て体験し痛感した。西洋近代文化の摂取にとって、明治以後八十年の歳月は決して短かすぎたとは言えない。にもかかわらず、近代文化の伝統を確立し、自由な批判と柔軟な良識に富む文化層として自らを形成することに私たちは失敗して来た。そしてこれは、各層への文化の普及滲透を任務とする出版人の責任でもあった。

一九四五年以来、私たちは再び振出しに戻り、第一歩から踏み出すことを余儀なくされた。これは大きな不幸ではあるが、反面、これまでの混沌・未熟・歪曲の中にあった我が国の文化に秩序と確たる基礎を齎らすためには絶好の機会でもある。角川書店は、このような祖国の文化的危機にあたり、微力をも顧みず再建の礎石たるべき抱負と決意とをもって出発したが、ここに創立以来の念願を果すべく角川文庫を発刊する。これまで刊行されたあらゆる全集叢書文庫類の長所と短所とを検討し、古今東西の不朽の典籍を、良心的編集のもとに、廉価に、そして書架にふさわしい美本として、多くのひとびとに提供しようとする。しかし私たちは徒らに百科全書的な知識のジレッタントを作ることを目的とせず、あくまで祖国の文化に秩序と再建への道を示し、この文庫を角川書店の栄ある事業として、今後永久に継続発展せしめ、学芸と教養との殿堂として大成せんことを期したい。多くの読書子の愛情ある忠言と支持とによって、この希望と抱負とを完遂せしめられんことを願う。

一九四九年五月三日

角川文庫ベストセラー

あやしい探検隊 焚火酔虎伝　椎名　誠

自然との原初的な出会いを求めて思いつくまま、気の向くまま。あやしい探検隊は、ドコへ行く。そして今日もキャンプと焚火とアルコールを愛する男たちのアヤシクも正しい夜は、しみじみと更けてゆくのだ。

あやしい探検隊 バリ島横恋慕　椎名　誠

ガムランのけだるい音に誘われ、さまよいこんだ神の島。熱帯の風に吹かれて酔眼朦朧。ポランポラン（のんびり）をテーマに相変わらずの行き当たりバッタリぶりは健在。バリ島ジャランポラン旅！

ばかおとっつあんにはなりたくない　椎名　誠

ただでさえ「こまったものだ」の日々だが、最も憎むべきは、飛行機、書店、あらゆる場所に出没する「ばかおとっつあん」だ!? 老若男女の良心にスルドク突き刺さる、強力エッセイ。

本などいらない草原ぐらし　椎名　誠

行きたい場所は全部行く、食べたいものは全部食べる。そして読みたい本は全部読む！　あっちへ飛んでこっちへ走る、椎名誠の３６５日をわしわし綴った「移動本読み」エッセイ集。

ひとりガサゴソ飲む夜は……　椎名　誠

旅先で出会った極上の酒とオツマミ。痛恨の二日酔い体験。禁酒地帯での秘密ビール——世界各地、どこにいても酒を飲まない夜はない！　酒飲みのヨロコビと悲しみがぎっしり詰まった絶品エッセイ！

角川文庫ベストセラー

麦酒泡之介的人生　椎名誠

時に絶海の孤島で海亀に出会い、時に三角ベース野球で汗まみれになり、ウニホヤナマコを熱く語る。朝のヒンズースクワット、一日一麵、そして夜には酒を飲む。ビール片手に人生のヨロコビをつづったエッセイ!

ごんごんと風にころがる雲をみた。　椎名誠

北はアラスカから、チベットを経由して南はアマゾンまで、世界各地を飛び回り、出会った人や風景を写し取り、旅と食べ物を語った極上のフォトエッセイ。「ホネ・フィルム」時代の映画制作秘話も収録!

玉ねぎフライパン作戦　椎名誠

はらがへった夜には、フライパンと玉ねぎの登場だ。勘とイキオイだけが頼りの男の料理だ、なめんなよ! 古今東西うまいサケと肴のことがたっぷり詰まった、シーナ節全開の痛快食べ物エッセイ集!

世界どこでもずんがずんが旅　椎名誠

マイナス50℃の世界から灼熱の砂漠まで——地球の端から端までずんがずんがと駆け巡り、出逢った異国の情景を感じたままにつづった30年の軌跡。旅と冒険の達人・シーナが贈る楽しき写真と魅惑の辺境話!

絵本たんけん隊　椎名誠

90年代に行われた連続講演会「椎名誠の絵本たんけん隊」。誰もが知る昔話や世代を超えて読み継がれてきた名作など、古今東西の絵本を語り尽くした充実の講演録。すばらしき絵本の世界へようこそ!

角川文庫ベストセラー

板谷バカ三代

ゲッツ板谷
絵／西原理恵子

バカの「黒帯」だけで構成されている板谷家。その中でも、ばあさん、ケンちゃん（父）、セージ（弟）のゴールデンラインは核兵器級のバカ……横隔膜破裂必至の爆笑コラム集！

インド怪人紀行

ゲッツ板谷
写真／鴨志田 穣
絵／西原理恵子

今度の旅のテーマは「インドにハマる者は、インドの〝何に〟ハマるのか？」。日本を出発して40日後、オレはボロボロになって帰ってきた。そこまでオレを追い詰めたインドという国の正体は……笑撃旅行記。

うちのパパが言うことには

重松 清

かつては1970年代型少年であり、40歳を迎えて2000年代型おじさんになった著者。鉄腕アトムや万博に心動かされた少年時代の思い出や、現代の問題を通して、家族や友、街、絆を綴ったエッセイ集。

つまみぐい文学食堂

柴田元幸

O・ヘンリーのライスプディング、カポーティのフルーツ・ケーキなど、一皿の表現が作品の印象を決めるような食にまつわるあれこれを綴った、柴田節光る異色エッセイ。吉野朔実さんのイラストつきでお届けします。

ビブリア古書堂セレクトブック
栞子さんの本棚

夏目漱石・アンナ・カヴァン・
小山 清・フォークナー・梶山季之・
太宰 治・坂口三千代・国枝史郎・
アーシュラ・K・ル・グイン・
ロバート・F・ヤング・F・W・クロフツ・
宮沢賢治

「ビブリア古書堂の事件手帖」シリーズ（アスキー・メディアワークス刊）のオフィシャルブック。店主・栞子さんが触れている世界を、ほんのり感じられます。巻末に、作家・三上延氏の書き下ろしエッセイ付。

角川文庫ベストセラー

コドモダマシ
ほろ苦教育劇場
パオロ・マッツァリーノ

デキちゃった婚って何？　格差って？　体罰ってなぜいけないの？　どこにでもいそうな家族を舞台にしたショートコントで、社会や情報の見方を体験学習！　全国の親子に贈る、家庭教育裏バイブル。

きまぐれ星のメモ
星　新一

日本にショート・ショートを定着させた星新一が、10年間に書き綴った100編余りのエッセイを収録。創作過程のこと、子供の頃の思い出——。簡潔な文章でひねりの効いた内容が語られる名エッセイ集。

きまぐれ博物誌
星　新一

新鮮なアイディアを得るには？　プロットの技術を身に付けるコツとは——。「SFの短編の書き方」を始め、ショート・ショートの神様・星新一の発想法が垣間見える名エッセイ集が待望の復刊。

がんばれ自炊くん！
ビギナー編
ほぼ日刊イトイ新聞

憧れの一人暮らし。1DKアパートの小さなキッチンがシェフのステージ。基本的な道具の使い方から、意外に誰も教えてくれないご飯の炊き方のイロハまで、自炊博士と読者投稿がおいしい裏技を伝授。

がんばれ自炊くん！
グルメ編
ほぼ日刊イトイ新聞

白いご飯にみそ汁。本物のグルメはそんな基本の食事をおろそかにしない。意外に知らない、個性的な薬味の使い方など、心のグルメを目指す全国の自炊くんへ、一歩進んだレシピを紹介。

角川文庫ベストセラー